Splitterkristall

Die Schattenchroniken
Band 1

Michael S.V. Preis

„*für meinen Sohn*"

1. gedruckte Ausgabe 10/2024
Copyright © 2024 by Michael S.V. Preis
Copyright © 2024 der ungekürzten Lizensausgabe
1. Auflage, ET 4. Quartal 2024

Verlag / Herausgeber
Projekt VielSeitig – Sieger GbR
Michael Sieger (verantwortlich)
Grund 3, 42653 Solingen
Telefon: 0212/2531309-3
E-Mail: mail@projekt-vielseitig.de

Lektorat:
Katharina Zwilling

Illustrationen:
Anastassia Schitz (Cottony Art)

ISBN: 978-3-945310-18-2

www.splitterkristall.de
www.projekt-vielseitig.de

Mira Rother

Die selbstbestimmte Einzelgängerin Mira wurde von ihrer Mutter gegen ihren Willen ins Klosterinternat gesteckt. Hier soll Mira lernen, sich anzupassen und klaren Regeln zu folgen, etwas, das einem Freigeist wie ihr gar nicht schmeckt. Wen wundert es da, dass sie sich mit ihrer Zimmergenossin Eleonora regelmäßig in die Haare kriegt?

Noah Gruber

Das Leben im Internat ist nicht für alle eitel Sonnenschein, das musste leider auch Noah schnell lernen. Als Außenseiter machen ihm besonders Jakob und seine Freunde das Leben schwer.

Eleonora Duboc

Die gutaussehende Schulsprecherin Eleonora zählt zu den besten ihres Jahrgangs. Gemeinsam mit ihrer Clique fühlt sie sich anderen gegenüber stets moralisch überlegen und setzt alles daran, ihre Vorstellungen von „richtig" und „falsch" durchzusetzen.

Vanessa Fernandez

Ihr markanter Lockenkopf und ihre einfühlsame Art sind die Markenzeichen von Vanessa. Wenn es um Konflikte geht, hält sie sich meist an Eleonora, die den Ton in der Clique angibt – auch wenn Vanessa mit Eleonoras Ideen häufig nicht einverstanden ist.

Direktorin Diekmann

Eine strenge Frau der alten Schule –
so erscheint die Internatsdirektorin
Frau Diekmann auf den ersten
Eindruck. Doch halt, war das etwa
gerade ein Lächeln?

Jakob Kappler

Als Sohn des Rechtsanwalts
Dr. Kappler, der maßgeblich
an der Umwandlung des
Klosters in ein Internat beteiligt
war, genießt Jakob gewisse
Privilegien an der Schule – und
er scheut nicht davor zurück,
sich diese zunutze zu machen.
Er steht in enger Beziehung
zu Eleonora und ihren
Freundinnen.

Das Internat

Das geschichtsträchtige Kloster Engelsbach
wurde vor einigen Jahren in ein Internat
umgebaut. Ob bei der Enteignung der dort
lebenden Mönche alles rechtens verlief?
Zwar gibt es noch immer einen Teil des
Klostergeländes, das von den Männern in
den dunklen Kutten bewohnt wird, doch
bekommen die Schüler die Mitglieder des
geheimnisvollen Ordens kaum zu Gesicht.
Zu Recht fragen sich viele: Was verbergen
sie dort? Und warum gibt es einen Teil in
der Bibliothek, der nur von den Mönchen
betreten werden darf?

Prolog

Es war vollbracht. Nach so vielen Jahren der Vorbereitung, der Entsagungen und des Leids, hatte er es endlich geschafft.

Ein zufriedenes Lächeln huschte über das bleiche, ausgemergelte Gesicht des Mannes, den sie Il Nocthur nannten. Ein Umstand, den er nicht allein seiner dunklen Kleidung und dem langen schwarzen Haar zu verdanken hatte. Der Name hatte seinen Ursprung in den alten Sprachen und ließ sich mit „der Schatten" übersetzen. Er selbst nannte sich so nicht, doch gab es ihm eine stille Genugtuung, wenn seine Feinde dies angsterfüllt taten. Dass er kaum älter als dreißig war, war ihm nicht anzusehen. Die harten Jahre hatten ihn ausgezehrt und ihn schnell altern lassen.

Sein Blick glitt über die einst so erhabene Stadt. Sie lag in Trümmern. Dichte Rauchschwaden schlängelten sich entlang der zerstörten Tempelanlagen und die Hoffnung derer, die sie zu schützen geglaubt hatten, war verloren.

Die letzte Welle des Angriffs war ganz nach Plan verlaufen. Wie aus dem Nichts war seine Armee über die Verteidiger dieses heiligen Ortes hergefallen. Lange Zeit hatte er sie in dem Glauben gelassen, ihre Vorbereitungen würden ausreichen, um den Feind zumindest noch ein letztes Mal zurückschlagen zu können. Doch die Härte des Überfalls hatte sie alle kalt erwischt.

Der Geruch verbrannten Holzes lag in der Luft, während der Mann zwischen den Trümmern hindurchschritt. Dabei hielt er den Blick auf den Eingang des letzten intakten Gebäudes fokussiert, das seine Krieger bewusst unberührt gelassen hatten. Der große Tempel im Zentrum der Stadt.

Nur noch wenige Augenblicke trennten den „Schatten" nun noch von der vollkommenen Macht. Dann hatte er alles erreicht, wovon er lange Zeit kaum zu träumen gewagt hatte. Endlich würde die Welt das sehen, was er sah. Würde das verstehen, was er verstand.

Trotz der Jahre, die er im Exil gelebt und unter der Verfolgung durch die Bewohner dieses Ortes gelitten hatte, war es ein Gefühl von Ehrfurcht, mit dem er den beeindruckenden Tempel durch das monumentale Eingangstor betrat. Die Macht dieses Ortes war überall zu spüren und ihn überkam eine Gänsehaut.

Bedacht folgte er der Treppe, die ihn hinab in die heilige Stätte führen würde.

Ein Zischen erklang. Aus dem Nichts materialisierte sich unmittelbar neben dem Mann ein pechschwarzer Nebel. In dem wabernden Dunkel zeichneten sich die Konturen einer Gestalt ab. Ihre Umrisse wirkten unscharf und ihr Körper schien selbst aus dunklem Rauch zu bestehen.

„Mein Meister", sprach das Schattengeschöpf und senkte ehrfürchtig den Kopf.

„Es ist vollbracht, Raszcar", sagte der Mann an seinen neuen Begleiter gerichtet. „Eure Soldaten haben sich einmal mehr als äußerst zuverlässig erwiesen. Jetzt kann uns niemand mehr aufhalten."

Gemeinsam nahmen die beiden dunklen Gestalten die letzte Stufe der Treppe und betraten die lange Halle. Diese war gesäumt von hohen Säulen, an deren Ende ein Podest stand, über dem ein hell leuchtender Gegenstand schwebte.

Entlang der Wände materialisierten sich weitere Schattenwesen. Ihre wabernden Körper zuckten verlangend, während sie zwischen den Säulen umherkrochen. Lauernd, wie Raubtiere, die auf ihre Beute warteten.

Der Mann spürte, dass sich sein Herzschlag beschleunigte und seine Muskeln sich anspannten. Ruhig atmend durchschritt er die Halle, den Blick starr auf das Leuchten gerichtet. Dabei vermied er es, die Schattenwesen direkt anzusehen. Selbst nach so vielen Jahren hatten sie noch immer etwas Beängstigendes an sich. Sie mochten ihm jetzt folgen, doch in ihrem Inneren waren sie Bestien, die, ohne zu zögern, ihren eigenen Herrn zerreißen würden, wenn sich nur eine minimale Variable änderte. Aber bald würde der „Schatten" auch diesen Umstand für immer hinter sich lassen.

Erneut kroch ein Schauer über seinen Rücken. Er hatte das Podest erreicht. Der leuchtende Gegenstand war zum Greifen nah. Seine Beine zitterten, während er weiter hinaufstieg.

Einen Moment brauchten die Augen des Mannes, um sich an das helle Licht zu gewöhnen, das aus dem Inneren des Gegenstands drang. Dann sah er ihn zum ersten Mal mit eigenen Augen – den gläsernen Kristall.

Der Mann hatte viel über ihn gelesen, hatte jede Geschichte, die sich um ihn rankte, gehört, und alles, was es zu erforschen gab, verinnerlicht. Doch unmittelbar vor diesem magischen Quell zu stehen und ihn mit eigenen Sinnen zu spüren, gab ihm ein Gefühl völliger Ekstase.

Die gläserne Oberfläche des Kristalls funkelte und ein leises Knistern und Surren ging von ihm aus. In diesem heiligen Gegenstand lag die gesamte Magie dieser Welt begründet. So viele Jahre war sie von den Hütern dieses Ortes für sich beansprucht worden. Hatte ihnen die Macht gegeben, die Welt nach ihren Ansichten zu formen. Doch hatten sie nicht damit gerechnet, dass es Kräfte gab, die außerhalb ihrer Sicht lagen. Sie waren Jahrhunderte lang versessen auf ihre Traditionen gewesen, verbohrt und arrogant. Und das hatte sie blind gemacht für das, was letztlich zu ihrer Vernichtung geführt hatte.

„Worauf wartet Ihr?", erklang die heisere Stimme des Schattenwesens an der Seite des Mannes.

Raszcar hatte recht. Etwas hielt ihn zurück. Er hatte

so lange auf diesen Tag hingearbeitet, und jetzt, da er gekommen war, stiegen erneut Zweifel in ihm auf. War er der Macht gewachsen? Würde er sie wirklich kontrollieren können?

„Jeder Zweifel ist unbegründet, mein Meister." Eine der unheimlichen Eigenschaften der Schattenwesen war, in die Seele der Menschen blicken zu können. Zwar hatte es der Mann über die Jahre erfolgreich geschafft, mentale Techniken zu entwickeln, um sich gegen diese Art der Kontrolle zu wehren, doch in diesem euphorischen Augenblick fiel es ihm schwer, sich gänzlich abzuschotten. Die Aufregung vor dem Ungewissen hatte ihn unachtsam werden lassen.

Aus dem wabernden Schwarz des Körpers starrten ihn unheimliche, ausdruckslose Augen an, deren Blick ihn zu durchdringen schien.

„Ihr habt keine Wahl", zischte die heisere Stimme. „Ihr habt einen Pakt mit der Königin geschlossen."

Der Mann lachte auf: „Raszcar, Euresgleichen mag in unsere Köpfe dringen können, doch werdet ihr das gänzliche Spektrum unserer Emotionen und Gefühle niemals vollkommen verstehen." Natürlich umtrieben ihn Zweifel, das war menschlich. Und doch würden ihn diese niemals von seinem Ziel abbringen können.

Sein Blick galt wieder dem Kristall. Er hob beide Arme und begann mit der Beschwörung, die den Schutzzauber, der den schwebenden Gegenstand umgab, brechen würde.

Ein greller Blitz ließ die Halle für Sekunden taghell auf-

12

leuchten, zeitgleich durchdrang ein stechender Schmerz den Körper des Mannes. Keuchend stürzte er auf die Knie. Augenblicklich wurde ihm bewusst, dass diese Form der Magie nicht vom Kristall ausgegangen war, und er riss den Kopf herum.

Am Fuß der Treppe stand eine Person. Er erkannte sie sofort.

Die Schattenkörper hinter den Säulen stoben auseinander, um sich im gleichen Moment in Angriffsstellung zum Eingang gewandt neu zu materialisieren. Ihre Arme hatten sich zu langen scharfen Waffen geformt, aus deren Klingen schwarzer Nebel aufstieg.

„Halt!", schrie der Mann aus voller Lunge. „Niemand greift sie an!"

Widerwilliges Zischen erklang. Den Wesen schien der Befehl zu missfallen.

„Es tut mir leid", drang die Stimme der Frau an sein Ohr. „Ich kann das nicht zulassen."

„Es ist zu spät! Verschwinde!", schrie der Mann ihr erbost entgegen.

„Du kannst immer noch aufhören mit diesem Wahnsinn!" Ihr Tonfall war flehend.

Mühsam richtete sich der Mann wieder auf. Der Angriff hatte ihn unvorbereitet getroffen, doch noch einmal würde er sich nicht überrumpeln lassen.

„Mutter", begann er, „du hast es nie gänzlich verstanden. Das alles habe ich auch für dich getan."

„Doch, das habe ich." Traurig ließ die Frau den Blick sinken, während sie langsam auf ihren Sohn zuging. „Es ist meine Schuld. Ich habe dir diesen Wahnsinn in den Kopf gepflanzt. Ich war es, die deinen Hass über so viele Jahre geschürt hat."

„Dann verstehst du auch, dass ich keine Wahl hatte."

„Es war falsch", verzweifelt hob sie die Hände. „Du hast sie alle umgebracht. Das war nie, was ich wollte."

„Sie haben dich verstoßen", sagte er voller Wut und ballte seine Hände zu Fäusten. „Sie haben dir den Mann genommen und dein Leben zerstört. Sie verdienen es nicht anders!"

„Der Hass hat mich lange Zeit ausgezehrt, blind habe ich ihn an dich weitergegeben. Das werde ich mir niemals verzeihen."

Das Schattenwesen an der Seite des Mannes gab einen Zischlaut von sich. „Es reicht! Wenn Ihr sie nicht zum Schweigen bringt, werden meine Soldaten es tun."

Der Mann drehte sich zu ihm um und sah ihn hasserfüllt an. „Wagt es nicht, sie anzurühren, oder ich werde Euch als Erstes vernichten, wenn ich die Macht des Steins besitze."

Anstelle einer Antwort starrte das Schattenwesen den Mann ausdruckslos an.

Der Mann richtete den Blick wieder in die Halle. „Ich werde deinen Schmerz lindern, Mutter. Du wirst sehen."

„Tu das nicht. Ich bitte dich." Sie hob ihre Hand und richtete sie auf ihren Sohn.

„Du wirst mich nicht aufhalten." Er wandte sich von ihr ab und legte seine Hände auf den unsichtbaren Schutzzauber, der den Kristall noch immer umgab.

„Zwing mich bitte nicht …", die Stimme der Frau zitterte.

Erneut flackerte ein Blitz auf. Doch dieses Mal war ihr Sohn darauf vorbereitet. Der Zauber prallte auf eine magische Barriere, die er unbemerkt zuvor erschaffen hatte, und entlud sich zu allen Seiten. Mit einem lauten Knall drangen die Blitze seitlich in die Säulen ein, Staub und kleine Steine flogen in den Raum.

„Gib es auf, Mutter", unterbrach er für einen kurzen Moment die Beschwörung. „Du bist meiner Macht schon so lange nicht mehr gewachsen."

Er spürte, dass er es beinahe geschafft hatte und setzte erneut an, das Kraftfeld um den Kristall zu zerstören. Es wurde sichtbar und begann zu flackern. Dann brach es in sich zusammen. Das Leuchten des Kristalls erlosch und er fiel hinab. Instinktiv fing der Mann den ersehnten Gegenstand mit einer Hand auf. Ein wohliger Schauer durchfuhr den Körper des Mannes, als seine Finger die glatte Oberfläche des magischen Objekts berührten. Für einen Moment vergaß er alles um sich herum.

„Du hast recht!" Die Stimme seiner Mutter riss ihn zurück in die Wirklichkeit. „Ich bin dir nicht gewachsen."

Etwas in ihrem Tonfall ließ ihn aufhorchen. Er wandte sich zu ihr um. Sie war bis auf wenige Meter an ihn herangetreten. Seine Mutter schien um keinen Tag gealtert zu sein! Ihr Gesicht war ebenmäßig und makellos. Ihr langes, tiefschwarzes Haar fiel in leichten Wellen über ihre Schultern. So, wie er es in Erinnerung gehabt hatte. Die äußere Erscheinung, die sie gewählt hatte, würde niemanden vermuten lassen, dass diese Frau seine Mutter war. Allenfalls seine Schwester.

Raszcar starrte die Frau an. Er war entschlossen, seinen Meister und den Kristall entgegen jedem Befehl zu verteidigen, würde sie noch einen Schritt wagen.

„Bleib weg von mir!", herrschte der Mann seine Mutter an.

„Ich hoffe, du wirst mir eines Tages verzeihen können, mein Sohn." Sie hob den Arm erneut. Einen kurzen Moment zögerte sie noch. „Ich liebe dich!", fügte sie wehmütig hinzu.

Zu spät verstand er, dass der Zauber, den seine Mutter ausführte, nicht ihm galt. Der Kristall in seiner Hand begann zu vibrieren und das Licht in seinem Inneren entflammte heller als zuvor. Die Oberfläche des Steins bekam Risse und wurde so heiß, dass sie sich in die Haut des Mannes einbrannte. Schmerzerfüllt öffnete er den Mund, doch es drang kein Laut heraus. Ein ohrenbetäubender Knall erschütterte die Tempelhalle, und der Kristall zerbarst in viele kleine Splitter.

Dann war alles still. Die Umrisse des Raums verschwammen vor den Augen des Mannes, so, als würde er langsam erblinden.

Der Mann fühlte, wie eine unsichtbare Kraft seinen Geist packte und aus seinem Körper riss. Grelles Weiß flammte um ihn herum auf, er hatte keine Kontrolle mehr über sich. Mit letztem Willen versuchte er, dagegen anzukämpfen, doch es hatte keinen Zweck. Was auch immer seine Mutter ihm angetan hatte, er war machtlos, dagegen anzukämpfen. Verzweiflung breitete sich in ihm aus. Er hatte sich Schwäche erlaubt und schien am Höhepunkt seiner Macht alles verloren zu haben.

Ein neues Leben

Als der schwarze Jaguar in die Rosenstraße einbog, war es bereits dunkel und alle paar Meter warf das schwache Licht einer Straßenlaterne einen Lichtkegel auf die verlassenen Gehwege.

Mira saß gedankenversunken auf der Rückbank des Autos und beobachtete mit wachsendem Argwohn die alten Häuserfassaden. Dabei tippte Mira angespannt mit ihren Fingern auf dem Display ihres Handys herum, das bereits zum wiederholten Mal dasselbe Album über ihre Kopfhörer abspielte. Die düsteren Klänge der elektronischen Musik, begleitet vom Gesang einer tiefen Frauenstimme, untermalten das bedrückende Gefühl in ihr.

„Alles in Ordnung, Liebes?", drang die Stimme eines älteren Mannes zu ihr durch. Mira löste den Blick vom Fenster und schaute nach vorn in den Rückspiegel. Die dunklen Augen des Fahrers blickten sie kurz an, bevor sie sich wieder auf die Straße richteten.

Ein gequältes Lächeln huschte über Miras Lippen. Sie griff nach einem der kleinen Kopfhörer und zog ihn heraus.

„Wie lange ist es noch?"

Der Mann auf dem Fahrersitz blickte kurz auf das Navigationsdisplay in der Mittelkonsole. „Zwanzig Minuten, dann haben wir es geschafft."

„Dann habe ich wohl noch etwas Galgenfrist", stellte Mira missmutig fest.

„Ich bin mir sicher, dass deine Mutter nur das Beste für dich im Sinn hat."

„Was auch immer …" Der Kopfhörerknopf verschwand wieder in Miras Ohr und ihr Blick schweifte erneut nach draußen. Sie mochte Nikolai wirklich gern, aber in diesem Moment konnte auch er ihr nicht helfen. Ihre Mutter hatte entschieden, sie an diesen verlassenen Ort zu schicken. Abseits von ihren Freunden und weit weg von allem, das ihr ein Gefühl von Normalität gegeben hätte. Mira wusste selbst, dass es nicht immer leicht mit ihr war. Sie war ein Sturkopf und hatte es ihrer Mutter sicherlich oft nicht einfach gemacht, doch hätte sie es nie für möglich gehalten, dass diese einmal soweit gehen würde, ihre Tochter von zu Hause wegzuschicken. Auf ein Internat, irgendwo im Nirgendwo.

Das Lied setzte zu einem instrumentalen Höhepunkt an. Die elektronischen Klänge wurden vom feinen Spiel einer Geige untermalt und die Frau sang, ihre Stimme schwer von Emotion: „You don't know me, never will, never will. I'm outside your picture frame, and the glass is breaking now". Mira ließ ihren Kopf gegen die kalte Scheibe sinken und starrte in die Nacht. Sie fühlte sich in diesem Moment sehr allein.

„Das gibt es doch nicht." Die Stimme von Nikolai riss sie aus ihrer Melancholie. „Jetzt schickt mich dieses nichtsnutzige Teil schon wieder durch dieselbe Straße." Das Auto wurde langsamer und Nikolai lenkte es in die Bucht einer Bushaltestelle.

„Was ist los?" Mira beugte sich nach vorn.

„Das blöde Navi schickt mich ständig im Kreis. Die Straße, die laut dem Ding zum Internat führt, gibt es scheinbar gar nicht."

„Das ist ja schade. Vielleicht sollten wir dann einfach wieder zurückfahren."

„Hör schon auf. Das ist nicht witzig. Wir sind ohnehin schon viel zu spät dran, wegen diesem Unfall auf der 48. Die gute Dame am Telefon klang nicht gerade erfreut, als ich ihr sagte, dass wir erst im Dunkeln ankommen."

„Und wenn schon", gab Mira zurück, der ihr erster Eindruck in ihrer neuen Unterkunft herzlich egal war, und warf sich wieder zurück in den Sitz.

„Auf diesen bescheuerten Karten kann man auch nichts erkennen", fluchte Nikolai weiter, während er wild auf seinem Handy herumdrückte.

Mira hätte sicherlich helfen können, denn sie wusste, dass Nikolai nicht sehr findig war, wenn es um moderne Technik ging. Doch es beruhigte sie, das Bevorstehende noch ein wenig hinauszuzögern.

„Ich bin mal kurz telefonieren." Kühle Nachtluft drang herein, als Nikolai die Fahrertür aufstieß.

Mira öffnete ihren Gurt und beugte sich nach vorn zum Display. Der blaue Pfeil des Navis zeigte deutlich nach links. Nach einem prüfenden Blick aus dem Fenster erkannte Mira, dass sich dort keine Straße, sondern ein altes Gebäude befand. Es fügte sich nahtlos in die Reihenhäuser zur linken und rechten Seite ein, allerdings waren Türen und Fenster mit Brettern vernagelt und an dem Mäuerchen des kleinen Vorgartens prangte ein Schild mit der Aufschrift „Zu verkaufen".

Grübelnd starrte Mira erneut auf das Display. Natürlich änderten sich Straßen immer einmal, und sicherlich hatte Nikolai nicht immer das neuste Update aufgespielt. Aber dieses Haus sah nicht danach aus, als ob es erst vor kurzem dort errichtet worden wäre. Es musste tatsächlich ein Fehler im Kartenmaterial vorliegen. Ein kurzes Aufleuchten lenkte Miras Blick erneut zum Haus. Hatte sie es sich nur eingebildet oder hatte dort hinter den Brettern jemand gerade ein Licht angeschaltet? Neugierig musterte Mira die vernagelten Fenster. Da war es wieder! Ein kurzes Aufblitzen im Obergeschoss. Ihr Herz begann schneller zu schlagen. Sollte es an diesem Fleckchen vielleicht doch etwas Interessantes geben? In den letzten zwei Jahren war sie einige Male von zu Hause ausgerissen und hatte Freundschaften auf der Straße geschlossen. Daher wusste sie auch, dass es in der kälteren Jahreszeit sinnvoll war, sich einen Unterschlupf mit Dach zu suchen. Und leerstehende alte Häuser waren innerhalb der Szene willkommene Lager für die Nacht. Mira hatte sich unter Ausreißern immer wohlgefühlt – wie in einer richtigen Familie. Etwas, das ihre Mutter wohl nie verstehen würde. Die Menschen dort empfand Mira als nicht so oberflächlich und arrogant wie die meisten Personen aus der Welt ihrer Mutter.

„Es kann weitergehen", Nikolai stieg zurück ins Auto. „Muss wohl ein Fehler im Navi sein. Aber jetzt weiß ich, wo es lang geht."

Der Gedanke daran, dass es vielleicht eine Möglichkeit gab, auch dem Internat zu entfliehen, sollte sie es dort nicht aushalten, hatte eine zarte Hoffnung in Mira geweckt. Als Nikolai den Rückwärtsgang einlegte und schwungvoller als beabsichtigt aus der Bushaltestellenbucht fuhr, fiel Mira ihr dunkles, schulterlanges Haar ins Gesicht. Die weiße Strähne auf der rechten Seite, die dabei hindurchblitzte, hatte sie bereits seit ihrer Geburt. Eine Pigmentstörung, hatte es meist geheißen. Ein paar dumme Sprüche hatte Mira deshalb schon zu hören bekommen, doch grundsätzlich scherte sie sich nicht besonders um die Meinungen anderer.

Während der Wagen zurück auf die Straße fuhr, drehte Mira sich noch einmal um und warf einen letzten Blick auf das Haus mit der Nummer 16.

Nikolai und Mira überquerten noch zwei Kreuzungen, fuhren am Ortsausgangsschild vorbei und bogen auf eine

Landstraße ein. Laternen gab es keine. Wenige Minuten verstrichen, dann ging es von der Landstraße auf einen holprigen, unbefestigten Weg. Dieser führte nach einer Weile unmittelbar in ein Waldstück. Ein Blick auf das Navi verriet, dass sich unweit des Waldwegs ein großer See befand, doch war dieser in der Dunkelheit nicht zu erkennen. Überhaupt war beim Blick aus dem Fenster die Umgebung nur noch zu erahnen. Das zu Boden fallende, goldene Herbstlaub, das Mira noch bei ihrer Abfahrt beobachtet hatte, blitzte lediglich hier und da im diesigen Licht des Scheinwerfers auf. Es war die Jahreszeit, der Mira sich normalerweise entgegensehnte, wenn die Tage kürzer und die Luft kühler wurden. Doch zum jetzigen Zeitpunkt verstärkte es lediglich ihren gedrückten Gemütszustand.

Die Fahrt durch den Wald zog sich noch einmal gute zehn Minuten, dann gab das dunkle Geflecht der Baumkronen das Mondlicht wieder frei.

Auf einem beleuchteten Schild konnte Mira schließlich das Wort „Hausgäste" und ein „P" für „Parken" erkennen. Der daneben liegende Pfeil deutete nach rechts. Nikolai ignorierte die Anweisungen und lenkte den Wagen über einen Kiesweg bis zu einem großen eisernen Tor.

Er ließ das Fenster herunter, beugte sich hinaus und drückte den Knopf neben der Sprechanlage. Ein schrilles Geräusch erklang.

Mira spürte eine wachsende Unruhe in sich aufsteigen. Jetzt gab es kein Zurück mehr. Nicht, dass es das jemals gegeben hätte, aber die Fahrt über hatte sie wenigstens so tun können, als geschähe all dies nicht wirklich. Aber jetzt fühlte sich alles sehr real an.

„Ja, bitte?", erklang eine verzerrte Männerstimme durch die Sprechanlage.

„Mira Rother, wir werden erwartet …" Ehe Nikolai den Satz beendet hatte, gab es ein lautes Knacken und die beiden Torflügel öffneten sich langsam nach innen.

„Sehr gesprächig, der Gute", scherzte Nikolai nach hinten an Mira gewandt, während er das Fenster wieder schloss.

Mira zuckte nur kurz mit den Achseln. Ihr war nicht nach Scherzen zumute. Sie spürte, wie sich ihr Magen zusammenzog und ihr leicht flau wurde.

Der Wagen durchquerte das Tor und folgte der Straße, die alsbald einen Rechtsknick machte, vorbei an mehreren Garagen auf der linken Seite und Gewächshäusern auf der rechten. Danach gelangten Nikolai und Mira auf einen großen Platz, der von mehreren Gebäuden umrahmt war. Dort parkte Nikolai den Jaguar und stoppte den Motor.

Miras Blick wanderte umher. Aus dem Auto heraus war es schwer, die Gebäude in Gänze zu erkennen. Mira packte ihre Kopfhörer und ihr Handy ein und verstaute beides in der Hosentasche. Dann griff sie nach ihrer Jacke, einem olivgrünen Anorak in Oversize, atmete tief ein und öffnete die Tür.

Links zeichneten sich Stufen einer breiten Treppe in

der Dunkelheit ab, die auf einen Vorplatz führten. Im Gegenlicht des Mondscheins erhoben sich dort drei massive Türme, die zu einer majestätischen Kirche gehörten. Dieser vorgelagert war ein Anbau mit sechs offenen Rundbögen auf jeder Seite und einem großen in der Mitte. Umfasst wurde dieser Eingang von zwei massiven Säulen. Mira war keinesfalls gläubig, doch übten derlei Bauwerke stets eine leise Faszination auf das junge Mädchen aus. Mira ließ ihren Blick weiter wandern. Rechts der Kirche erstreckte sich ein langes, helles Gebäude. Der Eingang war durch einen Vorbau abgesetzt, vor dem sich wiederum eine kurze Treppe befand. Das Hauptgebäude, das auf der rechten Seite lag, besaß ein dunkles Dach. Direkt über dem Eingang erhob sich ein schmaler Turm mit einer runden Uhr. Links neben der Treppe waren die Worte „Kloster" und „Pforte" zu lesen. Darunter war ein Schild mit der Aufschrift „Eingang Internatsschule" angebracht.

Nikolai hatte sich an Miras Seite gestellt. „Na komm, lass uns reingehen. Hier draußen ist es ganz schön kalt." Er gab ihr einen freundschaftlichen Klaps auf die Schulter. Mira nickte nur zaghaft. Ihre Beine fühlten sich schwer an, als sie die sechs steinernen Stufen zum Eingang des Internats erklomm. Mit jedem Schritt verstärkte sich das Brennen in ihrem Magen. Am Ende der Treppe besaß der Vorbau noch eine kurze ebene Fläche, woran anschließend sich eine bronzene Tür befand, die von einem Rundbogen ummauert war.

Ehe Mira und Nikolai die Tür erreicht hatten, öffnete sich diese mit einem lauten Quietschen. Ein älterer Herr kam zum Vorschein, der die beiden Spätankömmlinge mit einem strengen Blick musterte.

„Familie Rother?", begrüßte er sie knapp, gefolgt von einem „Bitte folgen Sie mir".

Mira warf Nikolai einen fragenden Blick zu. Doch dieser zog nur kurz die Brauen hoch und machte sich daran, mit dem Mann vor ihm Schritt zu halten.

Gemeinsam durchquerten sie die Eingangshalle und bogen dann nach rechts in einen langen Korridor ein. Der Fußboden bestand aus dunklem Parkett. Es waren etwa ein Meter mal ein Meter große Quadrate, deren Holzmaserung immer versetzt zueinander angebracht war. Die Verkleidung der Wände war aus rauem, elfenbeinweißem Stein. In regelmäßigen Abständen waren dort Fenster zwischen Säulen eingelassen, ihnen gegenüber hingen verschiedene Gemälde von älteren Herren, augenscheinlich Priester oder Kardinäle. Mira kannte sich damit wenig aus. Wo zur Hölle hatte ihre Mutter sie hier bloß abgeladen? Bis zu diesem Zeitpunkt hatte Mira nichts über die Existenz dieses Ortes gewusst. Das Einzige, das nach dem letzten großen Streit zwischen ihnen festgestanden hatte, war, dass Miras Mutter sie in ein Internat schicken würde. Doch wo dieses sich befinden würde, darüber war kein Wort gefallen. Zu verschweigen, dass Mira irgendwo mitten in den Wald gebracht werden sollte, war, so stand für Mira fest, ein mieser Versuch ihrer Mutter gewesen, Macht gegenüber ihrer Tochter zu demonstrieren. Manchmal glaubte Mira, ihre Mutter hasste sie. Dann wiederum erschien Mira dieser Gedanke zu hart. Doch jetzt gerade fiel es ihr schwer, etwas anderes zu glauben.

Der Korridor wurde unterteilt von einem Konstrukt aus Glas und Holz, in dessen Mitte sich eine Tür befand. Der ältere Herr öffnete diese und ließ Mira und Nikolai den dahinter liegenden Gang betreten.

„Ganz schön beeindruckend", versuchte Nikolai es mit ein wenig Smalltalk, doch der alte Herr ließ nur ein unverständliches Grunzen vernehmen. „Ich meine, es ist ziemlich groß", fügte Nikolai noch hinzu.

„Das Büro der Direktorin befindet sich gleich dort drüben", murrte der Herr.

Vor einer unscheinbaren Holztür auf der rechten Seite des Gangs kam er schließlich zum Stehen und klopfte an.

„Bitte treten Sie ein", erklang eine weibliche Stimme hinter der Tür.

Das Innere war unschwer als Büro erkennbar. Ein massiver Schreibtisch aus Holz wurde umrahmt von deckenhohen Regalen und Schränken. Die Möbel waren antik und ein Geruch von altem Holz und Papier lag in der Luft. Fenster gab es hier keine. Für Licht sorgte ein Deckenfluter, der unmittelbar hinter dem Schreibtisch stand und durch seine moderne Optik wenig in das Gesamtbild des Raums passen wollte.

Hinter dem Schreibtisch saß eine ältere Dame. Ihr graues kurzes Haar hatte sie glatt nach hinten gekämmt. Ihre Brille saß weit vorne auf ihrer schmalen Nase und verlieh ihrem hageren Gesicht außerordentliche Strenge.

„Vielen Dank, August. Sie können jetzt gerne zu Bett gehen. Ich kümmere mich um unseren Neuankömmling."

Die Schulleiterin winkte Nikolai und Mira zu sich heran, während der Mann ohne eine Verabschiedung den Raum verließ.

„Guten Abend, Herr Mazurek. Frau Rother. Nehmen Sie doch bitte Platz." Dabei deutete sie auf die beiden Stühle, die vor dem Schreibtisch standen. „Nun, zunächst möchte ich darauf hinweisen, dass ich Unpünktlichkeit nicht schätze. Allerdings habe ich auch vermerkt, dass Sie sich frühzeitig gemeldet haben, sodass wir zumindest darauf vorbereitet waren."

„Ich möchte mich hierfür noch einmal ausdrücklich entschuldigen. Wie ich bereits am Telefon sagte, gab es einen Unfall auf unserer Strecke", versuchte Nikolai die Verspätung zu erklären.

„Belassen wir es dabei", die Schulleiterin nickte kurz und richtete ihren Blick auf Mira. „Mein Name ist Frau Diekmann. Ich bin die Direktorin dieser geschichtsträchtigen Einrichtung und für das Wohl von aktuell rund 250 Schülerinnen und Schülern verantwortlich. Und ich darf Sie herzlich in unserer Schule begrüßen. Da es bereits spät ist", ein Blick auf die Uhr an der Wand verriet der Direktorin, dass es mittlerweile kurz nach elf Uhr abends war, „werden wir die detaillierte Einweisung auf morgen vertagen. Schule beginnt für Sie daher erst um zehn Uhr. Frau Rother, ich erwarte Sie pünktlich um sieben Uhr dreißig in meinem Büro."

Mira war mit der Situation überfordert. Alles lief vor ihr ab wie ein Film, und sie fühlte sich unfähig, das Handeln zu übernehmen. Sie war es gewohnt, die Dinge zu kontrollieren, auch wenn – oder gerade aufgrund dessen, dass – ihr freches Mundwerk sie oft genug in problematische Situationen geführt hatte. Doch das, was hier gerade geschah, entzog sich ihrem Zugriff.

„Haben Sie mich verstanden?"

„Ja … sieben Uhr dreißig", stammelte Mira.

„Gut, Frau Rother. Dann würde ich Sie bitten, Ihr Gepäck zu holen und mich in der Eingangshalle zu treffen, dann führe ich Sie zu Ihrem Zimmer. Sie finden den Weg?"

„Ja, vielen Dank", sprang Nikolai ein, dankte der Direktorin und verließ mit Mira das Büro.

„Alles in Ordnung mit dir?", wollte er wissen, als sie wieder allein waren.

„Nein, nichts ist in Ordnung! Eine riesengroße Scheiße ist das!", platzte es auf einmal aus Mira heraus. Ihre Anspannung, ihre Angst vor alledem hier, und ihre Wut auf ihre Mutter. „Was mache ich hier, Nikolai? Was für ein Mist ist das? Ich will hier nicht bleiben!" Tränen traten Mira in die Augen. Sie hasste es, wenn sie heulen musste, doch konnte sie es nicht zurückhalten.

„Oh, Liebes. Ich weiß. Es tut mir leid. Wenn ich könnte …" Er versuchte, sie in die Arme zu nehmen, doch sie stieß ihn von sich.

„Lass mich in Ruhe." Mira ballte ihre Hände zu Fäusten, während sie losrannte. Durch die Zwischentür, den Gang entlang bis zur Eingangshalle. Mit einem kräftigen Schwung riss sie die bronzene Tür auf. Kalte Nachtluft schlug ihr entgegen. Der Versuch, die Tür wütend hinter sich zuzuschmettern, misslang. Die Mechanik war darauf ausgelegt, dass diese von allein und sanft zufiel.

„Verdammtes Scheißteil! Nicht mal das klappt!", schrie Mira die Tür an und trat gegen das Metall. Kurz hielt sie inne. Am liebsten wäre sie weitergerannt. Doch wenn sie ehrlich war, wusste sie, dass es sie nicht voranbringen wür- de, mitten in der Nacht in den Wald zu laufen.

Als die Eingangstür erneut geöffnet wurde und Nikolai zu Mira aufschloss, hatte Mira sich bereits auf die Trep- pe gesetzt und starrte stumm nach unten auf ihre ausge- latschten Chucks.

„Da bist du ja. Hatte schon Sorge, du machst was Dum- mes." Nikolai setzte sich neben sie. „Echt eine Scheiße. Aber vielleicht wird's ja nicht so schlimm. Immerhin hast du hier die Chance, neue Leute kennen zu lernen."

„Na toll. Wahrscheinlich genau solche elitären Idioten

wie auf den anderen Schulen. Lauter Snobs und verzogene Kinder."

„Warte es doch erstmal ab, bevor du es dir selbst madig machst. Und wenn es wirklich so schrecklich wird, weißt du ja, wie du mich erreichen kannst. Dann verspreche ich dir, mit deiner Mutter zu reden. Und jetzt hoch mit dir, sonst holen wir uns hier noch den Tod auf diesen kalten Stufen."

Resigniert stand Mira auf und trottete zum Auto. Der Kofferraum sprang auf und sie griff nach ihrem Rucksack. Nikolai trug die schwere Tasche mit den Anziehsachen. Gemeinsam ging es wieder zurück in den Eingangsbereich, wo Direktorin Diekmann wie versprochen wartete.

„Folgen Sie mir bitte."

Die Halle maß gute zwanzig Meter in der Länge. An ihrem Ende befand sich eine zweiflügelige Tür mit Glaseinsatz, die offenbar in einen Innenhof führte. Umrahmt wurde diese von zwei breiten Treppenaufgängen, die in einer Kurve nach oben führten und sich dort zu einem gemeinsamen Aufgang trafen.

„Im unteren Bereich dieses Gebäudes befinden sich die Gemeinschaftsräume. In den oberen Stockwerken sind die Unterkünfte für unsere Schüler. Das Lehrpersonal, sofern es nicht extern wohnt, ist im Westflügel untergebracht. Dort sind auch die Klassenräume", erklärte die Direktorin, während sie Mira und Nikolai hinaufbegleitete.

„Scheint schon ziemlich alt zu sein", überlegte Nikolai laut. Als er den skeptischen Blick der Direktorin wahrnahm fügte er schnell hinzu: „Bitte, verstehen Sie mich nicht falsch, ich meine das im positiven Sinne."

„In der Tat. Ein geschichtsträchtiges Anwesen. Das Kloster wurde bereits 1093 errichtet", erklärte Frau Diekmann, nachdem sie das obere Stockwerk erreicht hatten. „Natürlich wurden über die Jahrhunderte immer wieder Modernisierungen vorgenommen. Bis zur Privatisierung vor einigen Jahren wurden diese Räumlichkeiten noch von den hier ansässigen Mönchen bewohnt. Die Gebäude dort werden immer noch von ihnen bewirtschaftet." Sie deutete durch eine Glastür, hinter der, wie bereits im Erdgeschoss, ein Innenhof zu erahnen war. Am Ende des Gartens konnte Mira die Fassade eines weiteren großen Gebäudes im Mondlicht erkennen.

„Das Betreten der meisten Bereiche dort ist für Lehrkräfte und Schüler jedoch strikt untersagt – sofern sie nicht vorhaben, dem Orden beizutreten."

Mira schaute die Direktorin verwundert an. War das etwa ein Anflug von Humor gewesen? Frau Diekmann hatte bisher nicht den Eindruck gemacht, ein besonders lustiger Mensch zu sein und auch jetzt hatte sie keine Miene verzogen.

„Aber weiter. Es ist spät genug." Die Direktorin wandte sich von der Glastür ab und deutete in die andere Richtung. „Links befinden sich die Unterkünfte für unsere Knaben. Und auf der rechten Seite sind unsere Mädchen untergebracht. Wir legen sehr großen Wert auf eine klare Trennung."

34

„Das wird ja immer besser …", murmelte Mira.

„Haben Sie etwas gesagt, junges Fräulein?"

„Schon gut."

Die Direktorin öffnete die Tür zum rechten Flügel. Dahinter lag ein langer Flur. Dieser war weniger elegant ausgestattet und deutlich schmaler als der in der unteren Etage. Der Boden war hell gefliest und auf ihm lag ein langer roter Teppich, der an vielen Stellen bereits deutlich sichtbare Abnutzungserscheinungen aufwies. Auf der rechten Seite des Gangs reihten sich mehrere Türen aneinander. Auf jeder befand sich ein goldenes Schild mit einer Nummer darauf. Ihnen gegenüber waren Fenster. Von der Decke hingen runde Lampen an langen Stäben, die ein schwaches Licht in den Flur warfen.

„Das ist Ihr Zimmer." Frau Diekmann deutete auf die Tür mit der Nummer 132. „Bitte seien Sie leise, wenn Sie es betreten, Ihre Mitbewohnerin wird vermutlich schon schlafen."

„Meine Mitbewohnerin?", entsetzt schaute Mira Nikolai an.

„Es sind Doppelzimmer. Immer zwei Personen pro Zimmer. Haben Sie das nicht gewusst?" Frau Diekmann hob eine Braue.

Mira kochte innerlich vor Wut. Auch hierüber hatte ihre Mutter sie im Dunkeln gelassen.

„Wie dem auch sei. Bevor ich Sie jetzt in die Nacht verabschiede, muss ich Sie allerdings noch auffordern, mir ihr Handy auszuhändigen."

Jetzt reichte es. Was bildete sich diese Frau eigentlich ein. „Nein! Ich werde Ihnen ganz sicher nicht mein Handy geben." Trotzig drehte sich Mira zur Seite.

„Junge Dame. Nicht in diesem Ton. Wir haben hier klare Regeln und ich bin erschüttert, dass Ihre Eltern diese, wie es scheint, nicht mit Ihnen vorab besprochen haben."

„Meine Mutter!"

„Wie bitte?"

„Es war meine Mutter – nicht meine Eltern. Und ich werde Ihnen mein Handy nicht geben", beharrte Mira.

Nikolai versuchte zu schlichten: „Haben Sie keine Möglichkeit, eine Ausnahme zu machen? Es ist spät und wir sind alle müde."

Seitens der Direktorin war ein Seufzen zu hören. „In Anbetracht der späten Stunde und der unglücklichen Umstände bin ich bereit, dieses Gespräch auf morgen zu vertagen."

Mira war verdutzt. Sie hatte sich doch gerade erst aufgewärmt und war bereit, diesen Streit fortzuführen.

„Dann wünsche ich eine angenehme erste Nacht", sprach Frau Diekmann unvermittelt weiter. „Wir sehen uns morgen früh. Und Ihnen, Herr Mazurek, wünsche ich eine gute Heimfahrt."

„Vielen Dank. Ihnen ebenfalls eine gute Nacht", antwortete Nikolai. Mira hingegen verzog nur kurz ihren Mundwinkel zu einem gekünstelten Lächeln.

Mit festen Schritten verließ die Direktorin den Schlafbereich durch die Tür zurück ins Treppenhaus, sodass Nikolai und Mira allein waren.

„Sag es nicht!", mahnte sie ihn, als sie seinen sorgenvollen Blick sah. „Ich habe mich heute schon genug aufgeregt. Ich werde jetzt in dieses blöde Zimmer gehen und dann schauen, was morgen auf mich wartet."

Nikolai musste ein wenig schmunzeln. „Das ist die richtige Einstellung."

„Fährst du jetzt direkt zurück?", fragte Mira mit dem Gedanken daran, dass Nikolai jetzt noch eine mehrstündige Autofahrt bevorstand.

„Ich werde zusehen, dass ich mir irgendwo unterwegs ein Hotelzimmer nehme. Der Tag war lang und ich habe keine Lust, im Graben zu landen. Bin hundemüde." Nikolai winkte Mira zu sich. „So, jetzt komm her. Lass dich nochmal drücken. Pass gut auf dich auf. Und wenn was ist – ruf mich an."

Mira nahm Nikolais Einladung dankend an. Es tat gut, in dieser ungerechten und chaotischen Welt wenigstens einige Konstanten zu wissen. Nikolai war, anders als die meisten Angestellten von Miras Mutter, bereits viele Jahre bei ihnen und hatte so einen festen Platz in Miras Herzen. Wenn er auch kein wirklicher Vaterersatz war – so war er ihr zumindest ein guter Freund.

Erneut spürte Mira, wie ihre Augen feucht wurden. Rasch löste sie sich aus Nikolais Arm und wischte sich mit dem Ärmel über die Augen. „So, jetzt reicht's aber mit diesem ganzen rührseligen Kram. Komm gut nach Hause. Ich werde mich melden."

„Mach's gut", Nikolai erhob noch kurz eine Hand zum Abschied.

Nachdem er aus dem Blickfeld verschwunden war, öffnete Mira die Tür einen spaltbreit, atmete noch einmal durch, und trat ein.

Der Raum lag, wie zu erwarten, im Dunkeln.

„Kein Handy", dachte Mira missmutig, während sie ihren Koffer neben die Tür stellte und in ihre Hosentasche griff. „Wie soll ich denn sonst etwas sehen?"

Ein kurzer Wisch über das Display, gefolgt von einem Klick auf das Taschenlampensymbol ließ das Zimmer in weißem Licht erstrahlen.

Rechts und links stand jeweils ein Bett an der Wand. Dazwischen befand sich ein Schreibtisch mit Stuhl. Unmittelbar vor den Betten waren Kleiderschränke. Direkt neben der Tür konnte Mira eine kleine Nische erkennen, mit einem Waschbecken und einem Spiegel darin. Der Duft eines süßen Parfums lag in der Luft.

Neugierig näherte sich Mira dem Bett auf der linken Seite. Dort schlief also ihre Mitbewohnerin? Viel war nicht zu erkennen. Das Mädchen lag auf der Seite, mit dem Gesicht zur Wand, ihr langes helles Haar glänzte im Handylicht.

„Mach das aus und leg dich hin", murrte sie plötzlich.

„Ich muss mich umziehen", entgegnete Mira knapp, während sie sich umdrehte und zu ihrem Koffer ging.

„Dann beeil dich gefälligst! Ich will schlafen", sagte das Mädchen genervt.

„Schon gut." Mira rollte mit den Augen. Rasch öffnete sie ihren Koffer und kramte darin herum. Es dauerte etwas, bis sie endlich ihren XXL-Schlafpulli, die bequeme Baumwoll-Jogginghose und ihre Zahnbürste inklusive Zahnpasta gefunden hatte. Ein Blick auf den Fußboden verriet, dass sie morgen einiges zu sortieren hatte – was allerdings nichts Neues für sie war. Ordnung war nicht gerade Miras Stärke.

Ein genervtes Stöhnen verriet, dass ihrer Zimmernachbarin das Prozedere nicht schnell genug vonstattenging, doch Mira überhörte es einfach. Sie zog sich um und tapste dann auf Socken zum Waschbecken, um sich ihre Zähne zu putzen.

„Bist du endlich fertig?" Das Mädchen hatte es scheinbar nicht ohne weiteren Kommentar ausgehalten.

Doch Mira kümmerte sich nicht weiter darum, sie spülte ihren Mund aus und wischte ihn mit dem Ärmel trocken.

Im Bett angekommen, nahm sie ihr Handy in die Hand und schaltete die Taschenlampe aus. Anschließend öffnete Mira ihre Musik-App und wählte das Album, das sie bereits auf der Hinfahrt einige dutzend Mal durchgehört hatte. Kurz zögerte sie, dann tippte sie auf ihre Foto-App. Sie spürte ein Stechen in der Brust, während sie mit dem Finger die Fläche mit der Aufschrift „Favoriten" berührte. Es befanden sich nur zwei abfotografierte Polaroids in diesem Ordner. Beide Bilder zeigten einen jungen Mann. Auf dem einen war er allein, auf dem anderen saß ein kleines Mädchen mit einer hellen Strähne im dunklen Haar auf seinem Schoß. Das Foto zeigte Mira und ihren Vater. „Warum nur hast du mich allein gelassen?", hauchte sie.

Das Display wurde dunkler, doch Mira reagierte nicht. Erst als das Licht vollkommen erlosch, sank sie mit den Kopfhörern im Ohr nach hinten ins Bett und schloss die Augen.

Aller Anfang ...

„So eine Scheiße ...", murmelte Mira, während sie sich unruhig zur Seite drehte. In all der Aufregung der letzten Stunden hatte sie eine Sache völlig vergessen: Niemand hatte ihr gesagt, wo sich die Toiletten befanden, und das rächte sich jetzt. An Schlaf war erstmal nicht zu denken. Sie musste dringend pinkeln.

Sie packte ihr Handy und schob die Bettdecke zur Seite. Dieses Mal nutzte sie nur das schwache Licht des Displays. Das regelmäßige Schnaufen ihrer Zimmergenossin ließ vermuten, dass diese inzwischen eingeschlafen war – dabei wollte Mira es auch belassen. Auf leisen Sohlen schlich sie auf den Gang. Von den Fliesen drang trotz des Teppichs eisige Kälte durch die dünnen Socken an ihre Füße.

Zum Glück waren die Lampen in diesem Flur wohl die ganze Nacht eingeschaltet, sodass Mira ihr Handy wieder in der Tasche verschwinden lassen konnte.

Mira war sich sicher, dass es hier einen Waschraum geben musste. Immerhin hatte die Direktorin davon gesprochen, dass Mädchen und Jungs strikt getrennt wurden – insofern war anzunehmen, dass beide Bereiche solche Räume besaßen. Viele Möglichkeiten gab es nicht: Links befand sich nur noch das Treppenhaus, so führte Miras Weg weiter den Gang hinunter. Mit jedem Schritt wurde ihr bewusster, wie dringend das Bedürfnis nach einer Toilette mittlerweile war und sie beschleunigte ihre Schritte noch einmal. Am Ende des Flurs teilte sich der Gang erneut. Rechts schlossen sich weitere Schlafbereiche an. Unmittelbar vor Mira befand sich zum Glück eine Tür mit der Aufschrift „Dusche / WC". Mira atmete auf. Dann drückte sie die schwere Klinke hinab und huschte hinein. Im vorderen Bereich waren Waschbecken angebracht, direkt dahinter deutete ein Schild auf Duschen, Umkleiden und die ersehnten Toiletten hin.

Erleichtert wusch sich Mira wenige Minuten später die Hände. Gedankenverloren fiel ihr Blick in den Spiegel. Ihre sonst so weichen Gesichtszüge wirkten müde und erschöpft – ein Umstand, der sicherlich der Uhrzeit zuzuschreiben war, aber auch an den anstrengenden letzten Wochen lag. Miras Beziehung zu ihrer Mutter hatte einen neuen Tiefststand erreicht. Sie hatten schon immer viel miteinander gestritten. Besonders seitdem Miras Vater vor mittlerweile knapp fünf Jahren bei einem Unfall im Labor gestorben war, hatte sich das Verhältnis deutlich verschlechtert. Miras Mutter war immer sehr auf ihre Karriere fokussiert gewesen. Als wissenschaftliche Leiterin an einem privaten Forschungsinstitut, in dem auch Miras Vater in Teilzeit gearbeitet hatte, war ihre Mutter selten zu Hause gewesen – eine echte Mutter-Tochter-Beziehung hatte sich daher nie entwickeln können. Ganz im Gegenteil zu der sehr engen Verbindung zu ihrem Vater. Sein Tod hatte vieles verändert. So hatte sich Miras Mutter von ihrem Job im Institut deutlich zurückgezogen und fortan viel von zu Hause gearbeitet, doch war Mira stets bewusst gewesen, dass es nicht das war, was ihre Mutter wirklich für ihr Leben gewollt hatte – mehr noch, ihre Mutter hatte Mira dadurch immerzu das Gefühl vermittelt, dass Mira für diese negative Veränderung verantwortlich war. Das, was Mira in der schweren Zeit wirklich gebraucht hätte – jemand der sie in den Arm nahm, der ihr Trost spendete und über den Verlust hinweghalf – hatte ihre Mutter ihr niemals geben können.

Mira ließ kaltes Wasser in ihre zusammengelegten Handflächen laufen und tauchte ihr Gesicht hinein. Die Kühle war wohltuend und das feine Brennen auf der Haut verscheuchte die wehmütigen Gedanken. Mangels eines Handtuchs wischte sie sich mit ihrem Ärmel das Gesicht trocken.

Zurück auf dem Flur eilte sie zu ihrem Zimmer, um ins warme Bett zu kommen. Auf halber Strecke jedoch lenkte etwas ihre Aufmerksamkeit auf eines der Fenster. Im Dunkeln der Nacht war eine helle Lichtsäule zu sehen. Wie ein langes Band erstreckte sie sich irgendwo in weiter Ferne vom Boden hinauf in den Himmel, sodass Mira nicht erkennen konnte, wo das Leuchten endete. Sie hatte etwas Ähnliches schon einmal vor Diskotheken gesehen. Laserstrahler, die in den Himmel gerichtet waren – doch dieses Licht war anders. Es war so hell, als stünde Mira unmittelbar davor, und verlor auch nicht an Strahlkraft, je höher es reichte. Zudem bildete sich Mira ein, die Wärme des Lichts im Gesicht zu spüren – dies war natürlich unmöglich. Immerhin lagen vermutlich mehrere Kilometer zwischen dem Ursprung der Lichtsäule und ihr. Noch während Mira über das merkwürdige Phänomen nachdachte, begann das Licht zu flackern und erstarb. Verwundert starrte Mira noch einige Momente in die Dunkelheit, dann löste sie sich vom Fenster und setzte ihren Weg nachdenklich, aber ohne weitere Unterbrechungen fort.

Der nächste Morgen begann für Mira ähnlich chaotisch, wie der Tag zuvor geendet hatte. Ein lautes Rumpeln riss sie aus dem Schlaf. Sie brauchte einen Moment der Orientierung, bis sie begriff, wo sie sich befand. Ein Blick auf die Uhr verriet, dass es bereits nach sieben Uhr war.

„Fuck!", fluchte Mira laut. „Ich hab verpennt. Scheiße, warum hab ich mir denn keinen Wecker gestellt?"

Ein Räuspern war zu hören. Erst jetzt wurde Mira gewahr, dass sie nicht allein im Zimmer war. In der Waschnische stand Miras Mitbewohnerin. Sie unterbrach das Bürsten ihrer hellblonden Haare und drehte sich zu Mira um. Das Mädchen hatte eine puppenhafte Erscheinung. Zugegebenermaßen ein hübsches Gesicht, doch ohne das gewisse Etwas. Austauschbar und langweilig, dachte sich Mira. Die Kleidung, die die Mitbewohnerin trug, war augenscheinlich eine Art Internatsuniform. Ein grauer Rock, der bis über die Knie ging, dazu ein blauer Pullover mit V-Ausschnitt und rotem Saum. Darunter eine weiße Bluse.

Der Blick des Mädchens drückte allgemeines Missfallen aus. „Erst mitten in der Nacht eintreffen und dann auch noch zu spät aufstehen – kein guter erster Eindruck."

„Danke für die Einschätzung", entgegnete Mira und schüttelte den Kopf. Das hatte ihr noch gefehlt – blöde Kommentare von einer verwöhnten Internats-Tussi.

„Ich sag's ja nur. Frau Diekmann wird nicht begeistert sein, wenn du am ersten Tag direkt zu spät kommst." Das Mädchen hatte sich wieder ihrem Spiegelbild zugewandt und fuhr damit fort, die Haare zu bürsten.

„Hast du auch etwas Sinnvolles beizutragen?" Mira machte keinen Hehl daraus, dass sie die Art des Mädchens nervte.

Miras Mitbewohnerin öffnete nur kurz den Mund, eine Antwort blieb jedoch aus.

Zufrieden, ihre Zimmergenossin zumindest für den Augenblick zum Verstummen gebracht zu haben, schlüpfte Mira aus dem Bett und ging zu der Stelle, an der sie gestern ihren Koffer abgestellt hatte. Doch er war weg!

„Wo ist mein Koffer?", blaffte Mira das Mädchen an.

„Du meinst dieses Chaos, das du heute Nacht hier hinterlassen hast? Ich habe mich bereits darum gekümmert und alles in den Schrank geräumt."

„Du hast was? Du kannst doch nicht einfach an meine Sachen gehen!", schimpfte Mira. Entsetzt riss sie die Schranktür auf, kurz davor, dem Mädchen den Hals umzudrehen. Zu Miras Verwunderung waren ihre Sachen sauber gefaltet und im Schrank sortiert untergebracht. Besser hätte sie es vermutlich nicht hinbekommen.

„Gern geschehen", klang die Stimme aus der Waschnische zu Mira hinüber.

Mira war sich nicht sicher, ob sie wütend darüber sein sollte, dass ihre Zimmergenossin ihre Sachen durchwühlt hatte, oder ob es tatsächlich nett gemeint war, Mira die Arbeit abzunehmen.

Eilig griff Mira nach frischer Unterwäsche, einer ausgewaschenen Leggings, einem Tanktop und einem Hoodie und begann, sich rasch umzuziehen.

„Wie heißt du eigentlich?", fragte Mira, während sie sich anzog.

„Eleonora", war die knappe Antwort. „Und du?"

„Mira."

Danach herrschte wieder Schweigen zwischen den ungleichen Mädchen.

Die Uhr auf Miras Handy zeigte, dass ihr nicht einmal mehr fünf Minuten blieben. „Shit, ich muss los."

Eleonora, die mittlerweile die Bürste auf Seite gelegt

hatte, beäugte Mira abschätzend. Zweifellos entsprach Miras Kleidungsstil nicht ihrem Geschmack.

„Dann viel Glück."

Als Mira den Flur betrat, überraschte sie ein reges Treiben. Sie war so mit sich beschäftigt gewesen, dass sie völlig vergessen hatte, dass der Schulbetrieb ebenfalls in Kürze beginnen musste.

Eilig kämpfte sich Mira durch die Reihen der Mädchen. Wie auch Eleonora trugen alle die gleichen Schuluniformen. Wäre Mira als Neuling nicht ohnehin schon auffällig genug gewesen, so war sie sich in diesem Moment zusätzlich durch ihre Kleidung der Aufmerksamkeit aller um sie herum bewusst.

Doch ihr blieb keine Zeit, länger darüber nachzudenken, ob das Tuscheln und Gelächter ausschließlich ihr galt. Schnell durchquerte Mira den Flur bis zum Treppenhaus. Dort wurde es allerdings nicht besser, denn zu den Mädchen gesellten sich jetzt auch noch die Jungs. Sie trugen allesamt Hosen aus demselben grauen Stoff, aus dem auch die Röcke der Mädchen waren, die Pullover der Jungs waren farblich identisch, hatten aber einen anderen Schnitt.

Mit dem Blick auf die Treppen gerichtet, eilte Mira hinab ins Erdgeschoss. Als sie das Büro der Direktorin erreicht hatte, war sie bereits zehn Minuten über der vorgegebenen Zeit. Ohne lange darüber nachzudenken, trat Mira ein.

Frau Diekmann saß über einige Zettel gebeugt am

Schreibtisch. Ohne aufzuschauen sagte sie: „Haben Sie schon einmal etwas von Anklopfen gehört?" Ehe Mira darauf antworten konnte, hob Frau Diekmann den Kopf, rückte ihre Brille zurecht und schaute auf die Wanduhr. „Sie sind elf Minuten zu spät."

„Ich kann das erklären, ich ...", Mira versuchte, eine schnelle Ausrede zu formulieren über stehengebliebene Uhren und nicht funktionierende Wecker, doch die Direktorin winkte ab.

„Sparen Sie sich den Atem. Wenn ich eine Zeit vorgebe, erwarte ich Pünktlichkeit. Und dies ist bereits das zweite Mal innerhalb von zwei Tagen, dass ich enttäuscht werde", brachte sie mit strenger Miene vor. „Ich rate Ihnen, sich ab sofort an unsere Absprachen zu halten. Ansonsten werde ich eine entsprechende Strafe aussprechen müssen."

Mira erkannte, dass jedes weitere Wort zwecklos gewesen wäre, und so nahm sie den Tadel wortlos zur Kenntnis. Dabei fiel Miras Blick auf die Papiere, die vor der Direktorin auf dem Schreibtisch lagen.

„Nur zu", sagte Frau Diekmann, der Miras Blick nicht entgangen war. „Es sind Ihre Unterlagen."

Mira trat an den Schreibtisch und nahm die Seiten entgegen.

„Darin finden Sie alles Wichtige, das Sie für den Aufenthalt in unserer Schule benötigen", fuhr die Direktorin fort, während Mira die erste Seite überflog. „Dieses Schriftstück beinhaltet einen formalen Willkommensgruß, zudem finden Sie darauf eine Nummer. Diese ist Ihrer Person zugewiesen. Mit ihr können Sie sich einen Satz Handtücher sowie zwei Garnituren Ihrer Schuluniform aus der Waschküche abholen. Ebenso dient sie der Identifizierung bei verschiedenen Aktivitäten, auf die Sie in unserem Haus zurückgreifen können."

Mira lenkte ihre Augen zu der besagten Nummer: 10187. Nicht sehr eingängig.

„Im Anhang befinden sich zudem unsere Hausregeln. Ich würde Ihnen dringend raten, sich diese durchzulesen, wenn Sie in Zukunft Ärger vermeiden wollen", bemerkte Frau Diekmann in strengem Ton. Dann lockerten sich ihre Gesichtszüge. „Wie war Ihre erste Nacht? Ich hoffe, Sie konnten etwas Schlaf finden?"

Überrumpelt ob des plötzlichen Themenwechsels brachte Mira nur ein kurzes „Äh, ja, alles in Ordnung." über die Lippen.

„Sehr schön. Dann kommen wir doch gleich zum ersten Punkt auf unserer Liste." Frau Diekmann stand auf und kam um den Schreibtisch herum auf Mira zu. „Wie ich es Ihnen gestern Abend schon gesagt habe, herrscht bei uns ein striktes Handy-Verbot."

Sofort spürte Mira, wie ihr heiß wurde. Aus irgendeinem Grund hatte sie gehofft, das Thema würde an ihr vorbeigehen.

„Keine Sorge. Wir sind nicht von gestern, und wollen Ihnen auch nicht den Zugang zu Ihren neuen Medien vollends verbieten. Aber wir halten es für überaus wichtig, diesen zu reglementieren. Sie haben die Möglichkeit, über Ihre persönliche Nummer Ihr Handy nach Unterrichtsende aus der Verwahrung zu holen und in einem dafür vorgesehenen Gemeinschaftsraum zu nutzen. Zudem dürfen Sie Ihr Handy natürlich mit sich führen, wenn Sie in den vorgeschriebenen Zeiten das Internat verlassen."

Mira kochte innerlich vor Wut, versuchte es aber erst einmal diplomatisch: „Was ist, wenn ich abends Musik hören möchte?"

„Tut mir leid, keine Ausnahmen. Alle Schüler müssen sich an diese Regeln halten."

„Das sind scheiß Regeln!", platzte es aus Mira heraus.

„Junges Fräulein, ich habe gestern Abend schon gemerkt, dass es Ihnen deutlich an Respekt mangelt. Aber glauben Sie mir, Sie werden sich schnell damit abfinden müssen, oder Sie werden es hier sehr schwer haben."

Für Mira war es äußerst herausfordernd, sich zurückzuhalten. Jedoch konnte sie die Konsequenzen nicht abschätzen, sollte sie sich weigern, den Anordnungen zu folgen.

„Meinetwegen. Hier haben Sie's", sagte Mira kühl.

„Danke." Frau Diekmann legte das Gerät auf ihren Schreibtisch. „Dann können wir weiter machen." Die Schulleiterin deutete auf den nächsten Zettel in Miras Hand. „Hier finden Sie einen Lageplan der Räumlichkeiten. Darauf sind alle wichtigen Zimmer markiert. Einige werden Sie sich jetzt gleich anschauen. Auf den letzten

Seiten finden sich ein Namensverzeichnis Ihres Lehrpersonals sowie Stundenpläne und die Zeittafeln. Letzteren entnehmen Sie die Uhrzeiten für das Frühstück, Mittag- und Abendessen."

Während all der Aufregung an diesem Morgen hatte Mira sich noch keine Gedanken übers Essen gemacht, doch die bloße Erwähnung der Mahlzeiten seitens der Direktorin ließ ihren Magen knurren. Allerdings blieb Mira keine Zeit, sich weiter dieser Empfindung zu widmen, denn in diesem Moment klopfte es an der Tür.

„Treten Sie bitte ein", forderte Frau Diekmann die Person vor der Tür auf.

Mira drehte sich um. Verwundert blickte sie in das Gesicht ihrer Mitbewohnerin.

„Einen wunderschönen Guten Morgen, Frau Direktorin", begrüßte Eleonora die Schulleiterin und setzte dabei ein besonders liebliches Lächeln auf.

„Guten Morgen Frau Duboc", sagte die Direktorin freundlich und fragte an Mira gewandt: „Sie haben sich bereits kennengelernt?"

„Wir hatten heute Morgen schon das Vergnügen", entgegnete diese mit hochgezogenen Brauen.

„Frau Duboc ist so lieb und wird Sie heute herumführen, um Ihnen die Räumlichkeiten zu zeigen. Wir sind soweit auch mit allem Wichtigen durch, wenn Sie anschließend noch Fragen haben, können Sie diese auch gerne an das Lehrpersonal richten."

Die beiden Mädchen verabschiedeten sich von der Direktorin und fanden sich wenige Minuten später auf dem Flur vor dem Büro wieder.

Es war überraschend, wie schnell Eleonora ihr zuckersüßes Lächeln abgelegt hatte, nachdem sie das Zimmer verlassen hatten. „Gut, dann bringen wir das mal schnell hinter uns."

„Und ich dachte schon, du hast Spaß daran, andere durch euren Knast zu führen", bemerkte Mira mit sarkastischem Unterton.

„Ich verpasse wegen dir zwei wichtige Stunden, ich hoffe, das ist dir bewusst. Man wird nicht Beste des Jahrgangs, indem man Babysitter spielt."

„Das ist nicht dein Ernst, oder? Bisher erfüllst du einfach jedes Klischee einer Internatsstreberin", entnervt trottete Mira neben ihr den Gang entlang.

„Und was drückst du aus? Mit deinen komischen Klamotten? Hey, seht her – ich bin die Rebellin, die alles und jeden hasst?"

„Exakt! Und besonders kleine Musterschüler-Blondchen."

„Pass bloß auf, was du sagst!" Eleonora war stehen geblieben und funkelte Mira erbost an.

„Sonst was?", gab diese sofort zurück.

„Ach", winkte Eleonora plötzlich ab. „Das ist mir zu blöd. Entweder du kommst jetzt mit oder siehst zu, wie du dich hier allein zurechtfindest."

„Schon gut. War nicht so gemeint. Ich kann manchmal ziemlich ätzend sein. Weiß ich selbst", lenkte Mira ein.

Die beiden Mädchen durchquerten die Eingangshalle und betraten den unteren Ostflügel.

„Hier drüber sind die Unterkünfte der Jungs. Für uns Mädchen ist es streng verboten, sie zu betreten", erklärte Eleonora und fügte hinzu: „Zumindest sollte man sich nicht erwischen lassen." Kaum merklich stahl sich ein Lächeln auf Eleonoras Lippen.

„Eleonora", schmunzelte Mira. „Jetzt überraschst du mich doch."

Neben verschiedenen Aufenthaltsräumen, in denen wahlweise Kicker, Billardtische und Tischtennisplatten standen, fand sich auch ein großer Raum mit diversen Entspannungsmöglichkeiten im unteren Stockwerk. Von großen Sitzkissen über verschiedene Sessel bis hin zu einer langen Couch war hier alles vorhanden.

Zum Schluss suchten sie den Computerraum auf.

„Hier stehen knapp zwanzig Rechner – eine der wenigen Möglichkeiten, einigermaßen gut ins Internet zu kommen", erklärte Eleonora.

„Wenn man wenigstens sein Handy hätte", seufzte Mira zerknirscht.

„Du kannst dein Handy beim Hausmeister auslösen. Wenn du mal in die Stadt willst, kannst du es mitnehmen. Im Raum mit den ganzen Sitzmöglichkeiten ist es auch erlaubt. Aber ganz ehrlich, der Empfang hier ist eh Mist."

„Aber es muss euch doch auch tierisch nerven, dass sie euch hier die Handys wegnehmen? Ich meine, was soll das?" Mira kam mit dieser Situation immer noch nicht klar.

Eleonora zuckte mit den Schultern. „Keine Ahnung. Ja, schon. Aber irgendwie gewöhnt man sich auch daran. Letztlich dreht sich eh alles nur um die Schule, da bleibt kaum Zeit für andere Dinge."

„Klingt nach totalem Spaß."

„Was soll das eigentlich mit dieser weißen Strähne? Ist das irgend so ein Mode-Tick von dir?", fragte Eleonora nach einer Weile, als die beiden den Computerraum hinter sich gelassen hatten und weiter durch einen der Flure marschierten.

„Hab ich schon seit meiner Geburt. Ist so eine Art Pigmentstörung."

„Schon mal dran gedacht, das zu färben?", erkundigte sich Eleonora, wobei der Ausdruck in ihrem Gesicht zu verstehen gab, dass sie selbst nicht begeistert sein würde, würden ihre Haare auf einmal weiß werden.

„Warum sollte ich? Ist ein Teil von mir." Mira hatte die Diskussionen schon zur Genüge ausgetragen und ihr stand nicht der Sinn nach einer weiteren Runde.

„Wenn du meinst."

Da war er wieder, der leicht arrogante Tonfall, den Eleonora bereits heute Morgen an den Tag gelegt hatte und der Mira erneut daran erinnerte, warum sie auf Oberflächlichkeit generell keinen Bock hatte: „Lass uns doch bitte einfach weitermachen, okay?"

Es war Eleonora anzusehen, dass ihr das Thema noch immer unter den Nägeln brannte, doch sie beließ es dabei. „Kommen wir als nächstes zum großen Speisesaal", fuhr sie mit ihren Erklärungen fort. „Frühstück, Mittagessen, Abendbrot, das wird alles hier serviert."

Mira nickte. „Gutes Stichwort. Mir knurrt schon der Magen, seitdem Frau Diekmann davon angefangen hat." Eilig schob sich Mira an ihrer Mitbewohnerin vorbei, in der Hoffnung, noch etwas Essbares abstauben zu können. Doch sie wurde enttäuscht.

Eleonora deutete auf die Papiere in Miras Hand. „Frühstück gibt es jeden Tag von sieben bis acht Uhr. Aber keine Sorge, während der großen Pause hast du nochmal Gelegenheit, etwas zu essen." Sie schaute kurz auf ihre Armbanduhr. „In exakt zweiundfünfzig Minuten. Um neun Uhr fünfunddreißig."

„Bis dahin bin ich wahrscheinlich verhungert", seufzte Mira ergeben.

„Dazu hast du keine Zeit. Wir müssen für dich noch dringend eine Uniform besorgen. Die Mädchen haben sich heute Morgen schon genug über deinen Anblick amüsiert. Du willst hier doch nicht als Witzfigur auftreten?"

„Ist mir ehrlich gesagt ziemlich egal, als was ich auftrete." Die ständigen Diskussionen über ihr Äußeres nervten Mira. „Wer mit mir ein Problem hat, darf mich gerne darauf ansprechen."

„Mag sein, aber als meine Zimmergenossin fällt das

55

auch auf mich zurück. Außerdem steht es unter Punkt siebenunddreißig in der Schulordnung. Innerhalb des Schulgeländes gilt die Schuluniformenpflicht während der Schulzeit, der Teilnahme an Arbeitsgruppen und allen repräsentativen Veranstaltungen." Eleonora schien mächtig stolz darauf zu sein, dies rezitieren zu können.

Mira hob die Augenbrauen. „Du kannst nicht wirklich die Nummern der Schulordnung auswendig?"

„Schon möglich." Eleonoras Miene ordnete Mira irgendwo zwischen stolz und eingeschnappt ein.

„Meinetwegen. Die gibt es in der Waschküche, richtig?"

Als wären die bisherigen Räumlichkeiten nicht schon groß genug gewesen, reihte sich ein weiteres Geschoss dazu. Über einen Zugang in der Eingangshalle gelangte man in den Kellerbereich. Die feuchtwarme Luft verriet bereits frühzeitig, dass sie sich ihrem Ziel, dem Wäscheraum, näherten. Dort angekommen stand hinter einer Theke eine Frau. Ihr Haar war von einer kleinen weißen Haube verdeckt, wodurch ihr freundliches rundes Gesicht besonders zur Geltung kam. „Was kann ich für euch tun?"

„Unser Neuankömmling benötigt passende Garderobe", erklärte Eleonora.

„Dann brauche ich einmal deine Nummer, bitte."

Mira durchwühlte die mittlerweile nicht mehr sortierten Zettel auf der Suche nach dem Willkommensschreiben. „10187."

„Bin sofort zurück", sagte die Frau mit einem vergnüg-
ten Zwinkern.

„Brauchen Sie nicht noch meine Kleidergröße?", rief
Mira ihr hinterher, doch die Frau war bereits im Nebel der
Waschküche verschwunden.

„Glaub mir, die weiß sie bereits", sagte Eleonora ge-
heimnisvoll. „Ihr genügt ein Blick, um dich einzuschätzen.
Ist fast schon unheimlich."

Ein fröhliches Pfeifen kündigte die Frau an, kurz bevor
sie mit einem Bündel Wäsche zu ihnen zurückkehrte. „So,
da hätten wir alles, was du für den Anfang brauchst. Einen Satz frischer Handtücher und zwei Garnituren deiner
Schuluniform."

Dankend nahm Mira die Sachen entgegen. Eleonora
hielt es nicht für nötig, ihr beim Tragen zu helfen, als die
beiden Mädchen sich auf den Rückweg machten, Mira hatte ebenso keine Lust, um Hilfe zu bitten. So mühte sie sich
allein mit dem Wäschestapel die Treppe hinauf.

„Ich werde mich jetzt erstmal verabschieden", sagte
Eleonora ganz unvermittelt, als sie die Eingangshalle erreichten. „Das mit dem Umziehen bekommst du ja hoffentlich allein hin. Und vergiss das Essen nicht – du hast
noch eine halbe Stunde."

Zurück im Zimmer warf Mira die Wäsche auf ihr Bett.
Der gesamte Morgen war wie ein Film an ihr vorbeigezo-
gen. Sie fühlte sich erschöpft, etwas aufgeregt, und doch
so, als wäre sie überhaupt nicht Teil des Geschehens

gewesen. Jetzt, in diesen Minuten des Alleinseins, spürte sie, wie ihre Zweifel und Sorgen zurückkamen. Ihr Blick fiel auf die Schuluniform. Sollte das ihr neues Leben sein? Eingezwängt in diese Kleidung – auf Linie gebracht, ohne Individualität?

Langsam sortierte sie die einzelnen Teile auseinander. Dann holte sie tief Luft und ergab sich – zumindest vorerst – ihrem Schicksal.

Ärger im Paradies

Eine schrille Glocke erklang. Mira hatte sich gerade die Schuhe zugebunden und verließ mit wachsender Unruhe das Zimmer. Die Uniform fühlte sich befremdlich an. Ihre Kleidung war immer Sinnbild ihrer Identität gewesen – wie eine Schutzhülle, die der Welt zu verstehen gab, dass diese Mira nichts anhaben konnte. Immerhin passte die Uniform wie angegossen. Die Frau in der Waschküche schien tatsächlich ein beeindruckend gutes Auge für Körperformen und Größen zu besitzen.

Schritte hallten durch das Gebäude und das Gewirr von Stimmen um sie herum wuchs. Von überall her strömten Schüler auf den Gang zum Speisesaal. Als Mira den großen Raum betrat, hatte dieser sich bereits gut gefüllt. An der Essensausgabe hatte sich eine lange Schlange gebildet. Hungrig reihte Mira sich dort ein und bereute, dass sie sich so viel Zeit gelassen hatte.

Mit zwei belegten Brötchen und einem Glas Orangensaft auf ihrem Tablett kämpfte sie sich schließlich durch die Reihen auf der Suche nach einem freien Platz.

Dabei erkannte sie Eleonora, die sie zu sich winkte. Lieber wäre es Mira gewesen, allein zu essen, aber sie hatte Nikolai schließlich versprochen, offen zu sein und die Dinge erst einmal auf sich zukommen zu lassen. Also warum sich dann nicht an den Tisch der Schulstreberin setzen?

„Das sind Melanie und Vanessa", stellte Eleonora die beiden Mädchen vor, die mit ihr am Tisch saßen. Die erste der beiden hatte blondes Haar, jedoch nicht so hell und glänzend wie das von Eleonora. Eher ein Straßenköterblond. Das Haar des zweiten Mädchens war braunschwarz, kurz und lockig und ihre Haut hatte einen hellbraunen Teint.

„Hi", begrüßten Mira beide wie aus einem Mund.

„Hi", grüßte Mira zurück.

„Du siehst ja richtig entzückend aus", bemerkte Eleonora begeistert. „Die Uniform passt dir wie auf den Leib geschneidert. Ein ganz anderer Mensch."

„Ja, das war auch mein Gedanke." Ob ihre Zimmergenossin den Sarkasmus dieser Antwort verstand, wagte Mira anzuzweifeln, während sie gierig in das erste Brötchen biss.

„Wo kommst du denn her?" Die Frage kam von Melanie oder Vanessa. Mira war sich nicht mehr sicher wer von den beiden wer war.

„Aus der Nähe von Düsseldorf. Habe da mit meiner Mutter gelebt", erklärte Mira kauend.

„Scheint ja ganz gute Beziehungen zu haben, deine Mum", bemerkte die Dunkelhaarige.

„Warum?" Verwunderte blickte Mira sie an.

„Kommt nicht so oft vor, dass wir hier Quereinsteiger haben." Diesmal war die Blonde an der Reihe, eine entsprechende Erklärung zu liefern. „Normalerweise gibt es da ziemlich klare Regeln. Was meinst du, warum Eleonora so erpicht darauf war, dich aufzunehmen?"

„Melanie! Ich mache das nur aus reiner Nächstenliebe", mit gespielter Empörung gab Eleonora ihr einen Klaps auf den Arm.

Melanie griff sich mit beiden Händen an die Brust. „Entschuldige, das habe ich vergessen. Du Herzensgute."

Mira nahm einen kräftigen Schluck von ihrem Orangensaft, um den letzten Bissen ihres Brötchens herunter zu spülen. „Mag sein, dass meine Mutter irgendwen um den Finger gewickelt hat – darin ist sie Meisterin. Aber ich halte mich generell von Freunden und Bekannten meiner Mutter fern."

Die Blicke der drei Mädchen wirkten enttäuscht. Sie hatten wohl eine interessantere Antwort erwartet.

Da Mira keine Lust hatte, weiter ihr Leben beleuchten zu lassen, schwang sie zu einem Themenwechsel über. „Was macht man hier eigentlich so nach Schulschluss? Oder am Wochenende?"

„Es gibt einige AGs in denen man aktiv sein kann. Zum Beispiel den Chor oder, wenn du es eher sportlich magst, Rudern und Fußball. Wir haben hier einen sehr schönen und großen See. Sonst bleiben noch die Gemeinschaftsräume oder Ausflüge in die Nachbarorte", zählte Eleonora auf.

„Aber da ist eigentlich auch eher tote Hose", ergänzte Vanessa.

Mira seufzte. „Klingt ja wahnsinnig spannend." Auf einmal kam ihr das merkwürdige Licht aus der vergangenen Nacht wieder in den Sinn. „Gibt es im Nachbarort vielleicht eine Disco?"

„Nicht, dass ich wüsste." Eleonora zuckte mit den Schultern. „Aber wir dürfen das Schulgelände ab zwanzig Uhr eh nicht mehr verlassen."

„Und was ist am Wochenende?" Bestürzt über diese neue Information starrte Mira sie an.

Eleonora wirkte resigniert. „Du solltest dir endlich mal deine Unterlagen durchlesen."

Das laute Klingeln der Schulglocke erklang erneut.

„Du kommst mit uns. Wollen wir dich mal dem Rest unserer Klasse vorstellen." Eleonora stand auf und bedeutete Mira, ihr zu folgen.

Schnellen Schrittes ging es zurück in die Eingangshalle und zurück in den Flur, auf dem das Zimmer von Frau Diekmann lag. Hier schloss sich ein weiteres Gebäude an, das sich in der Mitte über ein offenes Treppenhaus in drei Etagen aufteilte. Der Anblick dieses Teils der Schule war besonders beeindruckend. Die Treppen waren aus Holz mit detailliert verzierten Handläufen. Den Boden bedeckte ein aufwendiges Mosaik aus dunkelbraunen und beigen Fliesen. Selbst die Türen der Klassenzimmer waren aus schwerem Holz und mit Zierelementen versehen.

Während die vier Mädchen die Stufen zum ersten Stock erklommen, bemerkte Mira eine Gruppe Jungs, die laut lachend einem etwas kleineren, fülligeren Jungen hinterherrannte und ihm Beleidigungen an den Kopf warf.

„Was ist denn da los?", fragte Mira.

„Nichts, das uns was angehen sollte", winkte Eleonora ab.

Einer der Jungs holte den kleineren ein und stieß ihn zu Boden. „Meinst du, du kannst weglaufen?" Drohend hob der große Junge die Faust, während seine Freunde lachend einen Kreis um den am Boden liegenden Jungen bildeten, der schützend die Hände über den Kopf hielt.

Die restlichen Schüler huschten nur schnell an der Gruppe vorbei, da sie mit der ganzen Sache nichts zu tun haben wollten.

„Sollten wir nicht jemandem Bescheid geben?" Mira hielt nach einem Lehrer Ausschau.

„Wir mischen uns in solche Sachen generell nicht ein", erklärte Eleonora. Melanie und Vanessa nickten zustimmend.

„Ihr vielleicht nicht." Mira löste sich von den dreien und ging auf die Jungs zu.

„Lass ihn zufrieden", rief sie demjenigen zu, der offensichtlich der Anführer war.

Dieser drehte sich zu Mira um. Abschätzend musterte er sie. „Kümmere dich um deine eigenen Sachen."

„Und wenn ich das hier zu meiner Sache mache?" Kampfeslustig funkelte sie ihn an.

„Mädchen, geh mir nicht auf die Nerven und verzieh dich."

„Ich glaube, wir haben uns nicht richtig verstanden. Du sollst ihn in Ruhe lassen", beharrte Mira mit fester Stimme und schaute den großen Jungen an, ohne mit der Wimper zu zucken.

Drohend baute der Große sich nun vor ihr auf. „Du sollst verschwinden." Dabei schubste er sie leicht zurück, um sich danach wieder dem Jungen zuzuwenden.

„Hey!", schrie sie ihn an. Schnell drehte er sich erneut zu ihr um, hob in der Bewegung den Arm – und im gleichen Moment traf ihn die Faust von Mira mitten ins Gesicht.

Erschrocken über sich selbst machte Mira einen Schritt zurück. Der Junge hingegen fiel rücklings mit dem Hosenboden auf die Treppe. Blut rann sofort aus seiner Nase und Tränen traten in seine Augen.

„Was für eine …", er rang um Fassung. „Du hast mir die Nase gebrochen!"

Aufgeregte Schritte hallten durch das Treppenhaus und eine laute Trillerpfeife erklang.

„Was ist hier los?", rief eine ältere männliche Stimme.

Mira schaute sich mit klopfendem Herzen um. Unmittelbar neben ihr stand der Mann, der sie am Vortag an der Klosterpforte in Empfang genommen hatte. Um seinen Hals baumelte eine silberne Trillerpfeife an einer Kordel.

„Hab dir gleich angesehen, dass du Ärger machst." Er musterte Mira abschätzig.

Diese atmete schwer und sah hilfesuchend hinüber zu den Mädchen. Doch vergeblich, niemand machte Anstalten, ihr beizustehen.

„Du kommst mit mir." Der Alte packte Mira am Arm und zog sie die Treppe hinab. „Und ihr da, kümmert euch drum, dass euer Freund zur Krankenschwester kommt."

„Das tut weh!", schimpfte Mira und versuchte, ihren Arm zu befreien. Doch der Alte hatte enorme Kraft.

„Das hättest du dir überlegen sollen, bevor du dich prügelst", entgegnete er nur barsch.

Der Tumult war nicht unbemerkt geblieben. Überall waren Schüler stehengeblieben und Mira hatte das Gefühl, alle würden sie anstarren.

Mit Nachdruck führte der Mann Mira die Treppe hinab und auf direktem Weg zum Zimmer der Direktorin. „Warte hier!", war sein knapper Befehl, bevor er Mira allein zurückließ. Auch wenn Mira sich im Recht fühlte, so war ihr die Situation deutlich unangenehmer, als sie es sich eingestehen wollte. Sie hatte zwar nicht zum ersten Mal Ärger, aber dass sie jemanden direkt ins Gesicht geschlagen hatte, war eine Seite an ihr, der sie bisher noch nicht begegnet war. In Miras Mund bildete sich ein metallischer Geschmack.

Die Tür zum Rektorenzimmer öffnete sich, Mira hatte nur die energische Stimme des Mannes gehört, sicherlich hatte er Frau Diekmann rasch alles beschrieben.

Die Direktorin saß mit versteinerter Miene hinter ihrem Schreibtisch, als Mira das Büro betrat. „Vielen Dank, August, das regle ich ab hier allein. Schauen Sie nach dem Kappler Jungen. Ihn will ich nachher auch noch sprechen."

Mira konnte dem Mann ansehen, dass er lieber geblieben wäre, sich aber dann der Anweisung fügte.

„Sie machen es mir wirklich nicht leicht, Frau Rother", seufzte Frau Diekmann. „Ich hatte Sie gewarnt, dass Ihr Handeln Konsequenzen nach sich zieht. Gewalt wird in dieser Einrichtung nicht geduldet."

„Dann schicken Sie mich doch nach Hause. Ich habe sowieso keinen Bock auf dieses Internat", entgegnete Mira trotzig. „Sie wollen ja nicht mal meine Sicht der Dinge hören."

„Ist das so?", fragte Frau Diekmann, während sie den Kopf senkte und Mira abschätzend über den Rand ihrer Brillengläser hinweg ansah. „Und was ist Ihre Sicht?"

„Ist doch egal." Mira wich dem Blick der Schulleiterin aus.

„Zwei Wochen Hausarrest und zwei weitere Wochen auf Bewährung", ordnete die Direktorin unvermittelt an. „Sehen wir mal, wohin Ihr Weg Sie hier noch führt."

„Sie schicken mich nicht zurück?" Mira war sich sicher gewesen, dass sie den Bogen weit überspannt hatte.

„Es wäre wohl keine angemessene Strafe, wenn ich Ihrem Wunsch nachkäme. Somit haben Sie die Möglichkeit, sich das Ganze noch einmal in Ruhe durch den Kopf gehen zu lassen. Sie werden natürlich weiterhin am Unterricht und den Gemeinschaftsaktivitäten teilnehmen. Ansonsten erwarte ich, dass Sie sich innerhalb des Schulgeländes aufhalten. Keine Ausflüge!"

Mira war sich nicht sicher, ob sie erfreut oder sauer sein sollte. Zumindest war sie in höchstem Maße überrascht.

„Noch etwas", fügte Frau Diekmann in strengem Ton hinzu. „Ich erwarte eine Entschuldigung bei Herrn Kappler. Sein Vater wird nicht begeistert sein, und das ist das Mindeste, um weiteren Ärger fernzuhalten. Ich rate Ihnen dringend, dies zu beherzigen."

„Aber er hat angefangen – er hat diesen Jungen geschubst und ...", versuchte Mira es jetzt doch mit einer Erklärung.

„Belassen wir es dabei. Ich werde mit Herrn Kappler noch ein Gespräch führen. Aber ich fürchte, dass die restlichen Schüler nicht zu Ihren Gunsten aussagen werden", erklärte Frau Diekmann. Unvermittelt seufzte sie tief. „Ich kenne den Burschen schon etwas länger, daher wundert es mich nicht, dass er in diesen Vorfall verwickelt ist. Dennoch entschuldigen Sie sich – und lassen es dann auf sich beruhen. Jetzt sehen Sie zu, dass Sie zu Ihrer Klasse kommen."

Mit einem mulmigen Gefühl im Bauch verließ Mira kurz darauf das Büro der Direktorin. In der Hand hielt sie einen Kugelschreiber und einen Zettel. Beides hatte Frau Diekmann ihr gegeben, bevor Mira hinausgegangen war. Das Mädchen betrachtete das Blatt Papier in ihrer Hand.

Darauf war ein Stundenplan gedruckt mit entsprechenden Raumnummern. C4 – vier Stunden Englisch standen für sie als nächstes auf dem Plan. Doch nach der Aktion wäre ihr momentan alles lieber, als sich ihrer Klasse vorstellen zu müssen, von der mindestens die Hälfte mitbekommen hatte, was geschehen war.

„Hi.“

Erschrocken fuhr Mira herum und blickte in das Gesicht des Jungen, den sie auf der Treppe verteidigt hatte.

„Ähm ... Hallo ...“ Überrumpelt starrte sie ihn an.

Die Schuluniform war für den Jungen unvorteilhaft geschnitten. Deutlich zeichnete sich sein Bauch über der engen Hose ab. Zudem hatte er die Ärmel seines Pullis hochgekrempelt, deren Ränder sich in seine Oberarme drückten.

„Danke, dass du mir eben geholfen hast“, verlegen schaute der Junge Mira an und seine Wangen färbten sich rot.

„Schon gut“, winkte Mira ab und versuchte, an ihm vorbeizugehen.

„Das war wirklich nett“, fuhr der Junge fort und Mira blieb kurz stehen. „Die Typen hängen schon die ganze Zeit an mir und bisher hat niemand was dagegen gemacht, nicht mal die Lehrer.“ Seine grünen Augen schauten traurig drein.

„Vielleicht haben sie ihre Lektion ja jetzt gelernt“, versuchte es Mira aufmunternd. „Ich muss nun aber wirklich los – ich darf mich jetzt noch meiner Klasse stellen." Mira konnte den Jungen nicht einschätzen, war sich aber sicher, dass sie keinen Anhänger brauchte, der ihr nachlief, nur weil sie ihm geholfen hatte.

„Wollte dich nicht nerven. 'Tschuldige …", murmelte er kleinlaut und trat einen Schritt zur Seite.

„Nein, so meinte ich das nicht", sagte Mira im Gehen. „Ich habe es nur wirklich eilig."

„Ich heiße übrigens Noah", rief er ihr hinterher, sodass Mira sich nochmal umdrehte.

Lächelnd antwortete sie: „Freut mich, Noah. Ich bin Mira."

Wenige Minuten später stand Mira nervös vor der Tür mit der Aufschrift C4. Sie atmete tief durch und versuchte, sich gut zuzureden. Was konnten die anderen ihr schon anhaben – letztlich machte sie doch ohnehin immer ihr Ding. Es war erschreckend, wie sehr ihr diese Situation zusetzte.

Vorsichtig hob sie den Arm und klopfte an, dann öffnete sie die Tür.

Etwa zwanzig Gesichter wandten sich ihr sofort zu. Kaum, dass einige von Miras Mitschülern erkannt hatten, wer da vor ihnen stand, begannen die ersten ihre Köpfe zusammenzustecken und zu tuscheln. Mira spürte, wie sich ihr Magen zusammenzog.

„Sie müssen Frau Rother sein", erklang die Stimme einer hageren Frau, die einen Marker in der Hand hielt und gerade etwas an die Whiteboard-Tafel geschrieben hatte. „Klasse, bitte heißt unseren Neuankömmling willkommen." Anschließend stellte die Frau sich Mira als Frau Niemayer vor und bat das Mädchen, sich einen Platz in der Klasse zu suchen.

Das flaue Gefühl in Miras Magen verstärkte sich noch, als sie ihre Mitbewohnerin und deren Freundinnen erblickte. Aber Mira war auch wütend. Immerhin hatten alle drei sie vorhin im Stich gelassen.

„Danke für eure Hilfe", zischte Mira Eleonora aus dem Mundwinkel zu, während sie an ihr vorbei zu einem leeren Tisch in der hinteren Reihe ging.

Von der eigentlichen Stunde bekam Mira wenig mit. Zu sehr war sie mit sich selbst beschäftigt. Hauptsächlich nutzte sie die Rückseite des Stundenplans, um darauf zu malen. Die Lehrerin schien es zum Glück vermeiden zu wollen, Mira am ersten Tag vor der Klasse bloßzustellen und ließ sie in Ruhe.

So erklang nach einer schieren Ewigkeit endlich der erlösende Glockenton. Mira wartete, bis ein Großteil ihrer Mitschüler den Raum verlassen hatte, dann stand sie auf und ging ins Treppenhaus. Laut der Zeittafel gab es jetzt Mittagsessen.

Auch wenn die Geschehnisse des Vormittags Miras Appetit deutlich geschmälert hatten, machte sie sich auf in Richtung Speisesaal. Wie zu erwarten, hatte sich bereits eine Schlange an der Essensausgabe gebildet. Doch Mira war eher dankbar, dass es so voll war – so hatte sie die Möglichkeit, in der Masse unterzutauchen. Von ihren Klassenkameraden hatte sie bisher niemanden ausmachen können, was ihr nur recht war. Sie ließ sich etwas Gemüselasagne auf den Teller legen und suchte anschließend einen abgeschiedenen Platz am Rand auf.

Nachdenklich stocherte Mira mit ihrer Gabel im Essen herum, als sie eine Person bemerkte, die an ihren Tisch herantrat. Es war Noah.

„Darf ich mich zu dir setzen?"

Mira schaute ihn abweisend an. „Ich würde lieber allein essen."

„Oh, okay." Traurig schaute er sich um. „Na gut, dann suche ich mir einen anderen Platz …"

Mira rollte mit den Augen. „Was soll's, los setz dich", seufzte sie mit einem müden Lächeln.

„Wirklich?" Man sah ihm seine Erleichterung sofort an. „Ich will aber wirklich nicht stören."

„Jetzt setz dich, sonst überleg ich's mir noch anders", sagte Mira nun lachend.

Noah nahm Platz und sie schwiegen einen Augenblick. „Und? Wie ist deine Klasse so?", fragte er schließlich.

Mira überlegte kurz. „Weiß nicht, hab ehrlich gesagt nicht so viel von ihnen mitbekommen."

„Du warst vier Stunden mit ihnen zusammen, was hast du denn gemacht?", wunderte sich Noah.

„Hauptsächlich das hier …", Mira legte den Stundenplan auf den Tisch. Dieser war übersät mit gezeichneten
Zahnrädern, die ineinandergriffen.

„Das sieht nach gutem Stoff für die nächste Klausur
aus", scherzte Noah.

„Du bist ein komischer Kauz. Erst möchtest du dich zu
mir setzen, und jetzt veralberst du mich."

„Was? Nein, ich meine das ernst. Schaut doch cool aus
… ich …, ich …" Noah verstummte. Sein Blick richtete sich
verängstigt in den Raum.

Es war unschwer zu erkennen, was – oder wer – Noah
derart aus dem Konzept gebracht hatte. Der große Junge,
dem Mira die Nase gebrochen hatte, lief mit einer Gruppe
von vier weiteren Jungen durch die Reihen genau auf sie
zu. Mitten in dessen Gesicht prangte ein dickes Wattepad,
das mit einem großen Pflaster befestigt war.

„Da sind ja unsere Turteltauben", blaffte er mit nasaler
Stimme. „Das wird noch ein Nachspiel haben."

Mira erhob sich und stellte sich vor Noah. „Wieso? Willst
du noch eine Abreibung?"

„Wenn ich mit dir fertig bin, wirst du betteln, dass ich
den Verlierer verprügelt hätte. Ich mach dir das Leben hier
zur Hölle."

„Versuchs nur. Solche Typen wie dich kenne ich. Große Klappe und am Ende heulen sie sich bei ihrem Daddy
aus." Mira holte zum großen Konter aus. „Die Direktorin
hat mir geraten, mich bei dir zu entschuldigen, weil dein

Vater sonst Ärger macht. Sagt ziemlich viel über dich aus."

Diese Feststellung schien dem Jungen sichtlich unangenehm vor seinen Freunden zu sein. „Lass meinen Vater da raus. Das ist was zwischen dir und mir."

„Wir würden jetzt gerne weiter essen. Und ich empfehle dir und deinen halbstarken Freunden, uns in Ruhe zu lassen." Mira setzte sich demonstrativ lässig wieder hin.

„Hey! Was macht ihr da für einen Aufstand?" Ein breitschultriger Mann mit langen Haaren, die er zu einem Pferdeschwanz gebunden hatte, kam mit bestimmten Schritten auf die Gruppe zu. „Herr Kappler, ich glaube nicht, dass das Ihr Tisch ist, habe ich recht, junge Dame?"

„Schon gut, Herr Feller." Der große Junge hob beschwichtigend die Arme. „Kommt Jungs, wir verschwinden. Mir ist der Appetit eh vergangen."

Er drehte sich um und ging an dem Lehrer vorbei. „Was ist denn mit Ihrem Gesicht?", fragte dieser verdutzt.

„Fragen Sie das doch mal Ihren Schützling." Der Junge machte eine abwehrende Bewegung mit dem Arm in Richtung Noah und machte sich von dannen.

„Vielen Dank, Herr Feller", sagte Noah kleinlaut, als sie wieder allein waren.

„Schon gut. Aber das mit seiner Nase müsst ihr mir mal in Ruhe erzählen, das würde mich ja brennend interessieren." Der Lehrer zwinkerte den beiden zu. Abschließend warf er einen raschen Blick auf die Uhr. „Entschuldigt, ich muss los. Passt auf euch auf."

„Wer war das?", wollte Mira wissen.

„Herr Feller? Das ist der Vertrauenslehrer. Hab ihn in Mathe und Chemie. Einer der wenigen Lehrer hier, die ich echt mag. Ich glaube er kann Jakob auch nicht leiden", vermutete Noah schelmisch.

„Wie kommst du nur darauf?" Mira musste lachen.

Die beiden saßen den Rest der Pause zusammen, bis die Schulglocke sie unterbrach. Mira hätte es noch heute früh nicht für möglich gehalten, doch vielleicht hatte der Tag auch etwas Gutes. Noah war ein lustiger Kerl – genau das, was sie an so einem Ort brauchte, um auf andere Gedanken zu kommen. Und so verabredeten sie sich, um nach Unterrichtsschluss noch weiter abzuhängen.

Der restliche Tag blieb ohne große Vorkommnisse. Miras Mitbewohnerin und ihre beiden Freundinnen hatten es sich scheinbar zur Aufgabe gemacht, Mira mit Verachtung zu strafen. Ihr sollte es recht sein – wirklich Lust hatte sie auf die drei eh nicht gehabt.

Dem Unterricht zu folgen, fiel Mira schwer, denn die Themen unterschieden sich bisher deutlich von dem, was sie zuletzt in ihrer Schule durchgenommen hatte. Allerdings wurden die Lehrer nicht müde, Mira mit Informationen rund um den verpassten Stoff zu versorgen. So hatte sie am Ende des Schultags erneut einen Haufen Zettel unter ihrem Arm.

Bei einem kurzen Abstecher in ihr Zimmer ließ Mira die

Schulaufgaben einfach in ihrem Schrank verschwinden. Und zu Miras Erleichterung war Eleonora nicht da. Auf die würde Mira später schon noch früh genug treffen. Kurz darauf verließ sie die Mädchenunterkünfte und beschloss, für den Nachmittag ihr Handy auszulösen.

Die Tür zum Büro des Hausmeisters lag direkt in der Eingangshalle. Dort war ein Schild angebracht mit dem Hinweis „Bitte klingeln". Das tat Mira.

Es dauerte eine Weile, dann waren Schritte von drinnen zu hören und ein Schlüssel knirschte im Schloss.

Beinahe erschrocken starrte Mira den Mann an, der ihr die Tür öffnete. Es war der Alte, der sie noch vor wenigen Stunden zur Rektorin geschleift hatte.

„Du schon wieder", raunzte er verärgert. „Was willst du?"

Mira schluckte schwer. „Ich würde gerne mein Handy zurückbekommen."

„Pah. Damit du noch mehr Unsinn anstellen kannst?"

„Wie soll ich mit meinem Handy denn bitte Unsinn anstellen?" So eine Diskussion hatte Mira jetzt gerade noch gefehlt. „Außerdem habe ich ein Recht auf ..."

„Komm morgen wieder, heute habe ich für sowas keine Zeit." Mit diesen Worten knallte er Mira die Tür vor der Nase zu.

„Hey! Das kann doch nicht ..." Mira drückte noch zwei Mal auf die Klingel. Doch nichts geschah. „Prima! Dann behalten Sie es doch!" Wütend trat Mira vor die Tür.

„Ärger?", erklang eine weibliche Stimme hinter Mira. Es war Vanessa, die dunkelhaarige Freundin von Eleonora.

Mira musterte sie argwöhnisch. Zu ihrer Überraschung wirkte Vanessa ehrlich besorgt.

„Du weißt echt nicht, in was du da hineingeraten bist. Eleonora – jedermanns Darling und Mr. Charming Jakob. Die beiden sind mit Vorsicht zu genießen. Ich meine es ernst, halte dich lieber zurück." Sie blickte sich um – wahrscheinlich aus Sorge, irgendjemand könnte sie miteinander im Gespräch erwischen.

„Ich kann schon auf mich aufpassen", sagte Mira in versöhnlichem Ton. „Trotzdem … danke."

Das brünette Mädchen nickte hastig und machte sich dann eilig davon.

Kopfschüttelnd trottete Mira zur Glastür, die zum Innenhof führte. Dort hatte sie sich mit Noah verabredet.

Im Innenhof befand sich ein idyllischer Garten mit einem gepflegten, saftig grünen Rasen, umgeben von dicht gewachsenen Büschen und kräftigen Bäumen. Im hinteren Teil waren einige Blumenbeete gepflanzt, diese wiederum schlossen zu einem runden gepflasterten Platz auf, in dessen Mitte sich ein von mehreren Steinbänken umgebenes Wasserspiel befand. Die Sonne stand bereits so tief, dass das Schulgebäude einen langen Schatten warf und das verbliebene warme Licht die meisten Schüler ans Ende des Gartens getrieben hatte.

Mira blickte sich nach Noah um. Dieser schien sie bereits ausgemacht zu haben und winkte wild mit den Armen. Es sah etwas unbeholfen aus und Mira schmunzelte – ihr gefiel seine lustige Art sehr.

„Hey Noah", begrüßte sie ihn.

„Da bist du ja", freute Noah sich. „Hatte schon gedacht, du hättest mich vergessen."

„Nein, auf keinen Fall. Ich habe noch versucht, an mein Handy zu kommen, um dir das Lied zu zeigen, von dem ich dir beim Essen erzählt habe", begann Mira, „aber der blöde Hausmeister hat mich anscheinend auf dem Kieker."

„Hat er es dir nicht gegeben?" Noah blickte Mira ungläubig an.

„Nope."

Der Junge hob die Augenbrauen. „Du solltest dich bei der Direktorin beschweren."

„Ach, was soll's. Hab mich heute schon genug aufgeregt. Ich versuche es morgen nochmal und dann sehen wir weiter." Mira war ein wenig stolz, dass sie so gelassen reagierte. „Was ist eigentlich mit diesem Jakob? Wieso haben alle so eine Angst vor ihm?"

„Weniger vor ihm als vor seinem Vater", begann Noah und setzte eine finstere Miene auf. „Denn der ist ein ziemlich skrupelloser Anwalt mit jeder Menge Kontakten. Mein Dad hat mir erzählt, dass er wohl nicht ganz unbeteiligt daran war, dass man aus dem Kloster ein Internat machen durfte. Sprich, er hat seine Finger hier überall drin. Darum kuschen auch die meisten Lehrer vor seinem Sohn – haben wahrscheinlich Angst um ihren Job."

„Frau Diekmann hatte angedeutet, dass hier vor einigen Jahren noch Mönche gelebt haben oder immer noch leben?" Mira runzelte die Stirn.

„Ist ein bisschen wie mit den europäischen Siedlern und den amerikanischen Ureinwohnern – gewaltsame Landenteignung", sagte Noah und zuckte mit den Schultern. „Aber ganz genau weiß ich das ,auch nicht. Aber ja, von den Mönchen leben immer noch einige hier." Er deutete auf das Haus, das unmittelbar an den Garten anschloss. „Das ist die alte Bibliothek. Teile davon dürfen wir auch nutzen, für Recherchen, ein Großteil davon ist aber nur den Ordensbrüdern zugänglich. Da gab es einigen Streit drum. Angeblich gibt es geheime Gewölbe darunter, die die Mönche nicht für das Schulpersonal öffnen wollen."

Mira musste lachen. „Du bist ja ein wandelndes Verschwörungslexikon. Erinnert mich an Zuhause. Meine Mutter hat um ihre Arbeit und das Labor auch immer ein Geheimnis gemacht."

Das hatte Noahs Neugierde geweckt. „An was hat sie denn geforscht?"

„Keine Ahnung, wie gesagt … alles geheim", Mira überlegte kurz. „Im Studium hatte meine Mutter mit Teilchenphysik zu tun, um alles Weitere habe ich mich nie wirklich geschert."

„Na, besser als bei uns. Da ist das Geheimste vielleicht

noch die Rezeptur für irgendeinen Eintopf", scherzte Noah.

„Wieso das?"

„Schon mal vom Feinkostbaron gehört?" Noah hob bedächtig die Arme. „Gruber Feinkost."

„Eher nicht ...", gab Mira zu.

Beinahe enttäuscht senkte er sie wieder. „Meine Familie besitzt eine große Feinkostkette. Deshalb werden unsere Catering-Dienste in den elitären Kreisen wie blöde für viele wichtige Events gebucht. Ich musste früher dauernd mit zu solchen langweiligen Veranstaltungen, wo jeder jedem ins Gesicht lächelt, obwohl sich eigentlich niemand leiden kann."

Mira verstand Noah genau, entsprach diese Art von Gesellschaft doch ebenso der, die ihre Mutter an Umgang pflegte. Oberflächliche Speichellecker, die für ihren eigenen Vorteil am Ende jeden über die Klinge springen ließen.

Während sich Mira und Noah über ihre Erinnerungen an Events und Gesellschaften ausließen, vergaßen sie völlig die Zeit. Als sie sich schließlich voneinander verabschiedeten, war es bereits dämmrig geworden und Mira fror am ganzen Körper. Der Weg nach drinnen war zum Glück nur ein Katzensprung und die Heizungen schafften es, trotz der Größe des Gebäudes, eine angenehme Grundwärme im Inneren zu halten. Laut der Zeittafel in Miras Unterlagen gab es unter der Woche ab 21 Uhr eine Anwesenheitspflicht für alle Schüler in den jeweiligen Schlafbereichen. Da ihr bis dahin noch etwas Zeit blieb, und Mira keine große Lust hatte, direkt auf ihr Zimmer zu gehen, um dort vermutlich auf Eleonora zu treffen, zog sie es vor, ein wenig durch die Gänge zu schlendern.

Sie passierte den Waschraum und bog in einen Flur ab, der zu weiteren Schlafunterkünften führte. Erst jetzt bemerkte sie die Beschilderung an der Wand. Hier war neben den Zimmernummern und Hinweisen auf WCs und Duschen auch ein weiterer Aufenthaltsraum vermerkt. So folgte Mira der Pfeilrichtung, vorbei an einer Vielzahl nummerierter Türen, bis sie am Ende auf den Raum stieß.

Ausgenommen von zwei Mädchen, die es sich an einem lodernden Kamin gemütlich gemacht hatten, war es hier leer. Der Raum selbst hatte eine niedrige Decke, es gab einen roten Teppichboden, mehrere Sessel und eine breite Couch. An der Seite stand ein massiver Holztisch. Die Wandtäfelungen waren ebenfalls aus Holz.

Mira machte es sich auf einem der Sessel bequem und schaute eine Weile gedankenverloren ins Feuer. Doch lange konnte sie ihre Augen nicht offenhalten, die warme Luft und das leise Knistern der Holzscheite ließen Miras Lider immer schwerer werden. Das Mädchen spürte, dass die anstrengenden Geschehnisse der letzten Tage nun ihren Tribut forderten.

In der Dunkelheit, die Mira umhüllte, entflammte ein helles Licht. Mira hatte es schon einmal gesehen. Doch wollte ihr nicht einfallen, wann und an welchem Ort. Eine wohlige Wärme berührte Miras Gesicht, als sie sich dem Schein näherte. Langsam streckte sie die Finger aus, mit einem Mal fühlte sie sich stark zu dem Licht hingezogen, sie wollte Eins werden mit ihm, gänzlich verschmelzen – doch da erstarb der Schein. Aus dem Dunkel schälten sich die Umrisse eines alten Hauses, dessen Fensterläden lose mit Brettern vernagelt waren. Im Inneren des heruntergekommenen Gebäudes erkannte Mira einen Schatten, der sich bewegte, dann sah sie ein kurzes Aufblitzen. „Selbst wenn ihr mich tötet, werdet ihr ihn niemals bekommen!", schrie eine weibliche Stimme. Erneut blitzte es und der Schatten wankte – dann stürzte er zu Boden.

Erschrocken riss Mira die Augen auf. Ihr Herz pochte wild und Schweiß stand auf ihrer Stirn.

„Was zur Hölle …?" Mira befand sich immer noch in dem Sessel im Gemeinschaftszimmer. Mittlerweile war es jedoch dunkel im Raum. Die Mädchen waren fort und der Kamin war erloschen. Wie lange hatte sie geschlafen?

Auf zittrigen Beinen gelangte Mira zu einem Waschraum. Wieviel Uhr es wohl war? Mit beiden Händen Ωschaufelte sie sich kaltes Wasser ins Gesicht. Allmählich beruhigte sie sich wieder. Einen derart realen und verstörenden Traum hatte sie noch nie gehabt. Mira schüttelte den Kopf. Als die Anspannung von ihr abfiel, musste sie sogar ein wenig lachen. „Was für ein Scheiß", murmelte sie, während sie schnell auf den Toiletten verschwand. Nachdem sie sich erneut die Hände gewaschen hatte, war es Zeit, ins eigene Bett zu kommen.

Auf dem Weg zu ihrem Zimmer blieb Mira noch einmal im Flur stehen und schaute aus dem Fenster. Dort war alles dunkel. Was hatte sie auch erwartet? Es war ja nur ein Traum gewesen. Doch gerade, als sie sich abwenden wollte, durchfuhr Mira ein gehöriger Schreck. Es begann mit einem kurzen Aufblitzen in der Ferne, gefolgt von einem Flüstern: „Komm zu mir." Mit pochendem Herzen riss Mira den Kopf herum. Erst nach links dann nach rechts. Doch sie stand allein auf dem Flur. Träumte sie etwa immer noch? Mira kniff sich in den Arm, doch bis auf den zu erwartenden Schmerz geschah nichts.

Mit schweißnassen Händen erreichte Mira schließlich ihr Zimmer. Eilig huschte sie hinein und schloss die Tür hinter sich. Laut hörte sie ihr Herz in der Dunkelheit schlagen und das Blut rauschte in ihren Ohren. Erst nach einiger Zeit war es ihr wieder möglich, sich zu bewegen. Sehr vorsichtig und nur einen winzigen Spalt breit öffnete Mira noch einmal die Tür und spähte auf den Flur, um sicher zu gehen, dass ihr niemand gefolgt war.

Eleonoras tiefes Atmen beruhigte Mira etwas, als sie im Dunkeln zu ihrem Bett schlich. Die Streitereien, der wenige Schlaf, das alles war wohl doch zu viel gewesen. Aber an weiteren Schlaf war in dieser Nacht nicht zu denken. Immer wieder kam Mira der Traum in den Sinn. Das Haus, da war sie sich sicher, war jenes mit der Nummer 16, das ihr bereits auf der Hinfahrt aufgefallen war. Das merkwürdige Haus mit den Lichtern, das an einer Stelle stand, an der es laut Navi gar nicht stehen durfte. Was hatte das zu bedeuten? Hatte es überhaupt etwas zu bedeuten? Und dann dieses Flüstern. Es war Mira vorgekommen, als käme es von weit weg, und doch hatte sie es klar und deutlich verstanden.

Hausnummer 16

Mira hatte erst in der Morgendämmerung Schlaf gefunden und hätte womöglich den halben Vormittag verpennt, doch ein lautes Hämmern ließ sie aufwachen. Verschlafen rieb sie sich die Augen und starrte zur Tür.

„Du kommst schon wieder zu spät." Das Gesicht von Vanessa hatte sich durch den Türspalt geschoben. „Beeil dich besser – Raum B2. Physik. Frühstück hast du schon verpasst." Mit diesen Worten schloss sie die Tür wieder.

Erstaunt setzte sich Mira auf. Sie hatte das Mädchen bei ihrer ersten Begegnung wohl falsch eingeschätzt. Erst die gestrige Warnung und jetzt die Hilfe, um nicht einen neuerlichen Tadel zu bekommen. Ein Blick auf die Wanduhr über dem Türrahmen verriet Mira, dass ihr noch fünfzehn Minuten blieben. Mehr als eine Katzenwäsche über dem Waschbecken war nicht möglich – zügig schlüpfte Mira in ihre Uniform und warf sich ihren Rucksack über die Schulter. Dann rannte sie los.

Keine Minute zu früh erreichte Mira den Klassenraum. Ihre Mitschüler nahmen gerade ihre Plätze ein. Der erstaunte

Blick, den Eleonora ihr zuwarf, sprach Bände. Mira musste innerlich lachen. Ihre Mitbewohnerin hatte wahrscheinlich bewusst darauf verzichtet, sie zu wecken. Was sie wohl sagen würde, wenn sie wüsste, dass es ihrer eigenen Freundin zu verdanken war, dass Mira es pünktlich geschafft hatte. Vanessa ließ sich allerdings nichts anmerken und vermied jeden Blickkontakt. Mira hatte auf solche Spielchen keine große Lust. Sie war nur froh, keinen neuen Ärger am Hals zu haben.

Mira brachte die ersten beiden Stunden hinter sich. Dabei fiel es ihr zunehmend schwerer, dem Unterricht zu folgen. Die kurze Nacht steckte ihr noch in den Knochen. Zudem arbeiteten sich die Erinnerungen des gestrigen Abends allmählich wieder in ihr Bewusstsein.

Zur ersten großen Pause saß sie Noah an einem der hinteren Tische im Speisesaal gedankenversunken gegenüber.

„Alles klar bei dir?", wollte er wissen, während er in sein Brötchen biss.

„Ich glaube, ich verliere den Verstand …", sagte Mira, während sie sich ihre müden Augen rieb.

Fragend blickte Noah Mira an.

„Hast du außerhalb der Schule nachts schon mal Lichter gesehen?", wollte sie wissen.

„Was meinst du? Laternen? Sternschnuppen?" Noah hob nachdenklich die Brauen.

„Ach, keine Ahnung. Das ist wirklich zu bescheuert."

Mira senkte den Kopf. „Ich glaube, ich bin einfach müde. Die letzten Tage waren ziemlich anstrengend."

„Du machst mir ein bisschen Sorgen", sagte Noah und griff nach seinem zweiten Brötchen. „Willst du nicht auch mal was essen?"

Mira schaute auf ihren Teller. Sie hatte ihr Käsebrötchen noch nicht angerührt.

„Ich habe irgendwie keinen Hunger", antwortete sie ohne aufzusehen. Dann hob sie den Kopf und blickte Noah direkt in die Augen. „Warst du schon mal im Nachbarort?"

„Du meinst Treibach? Klar, wer nicht", meinte Noah schulterzuckend. „Ist aber nicht allzu spannend dort, ist ein kleines Dorf. Es gibt ein paar Kneipen und Restaurants, einen Supermarkt und so."

Entschlossen legte Mira ihre Hände auf den Tisch. „Ich muss dahin!"

„Ich möchte dich in deiner Euphorie ja nicht bremsen", merkte Noah vorsichtig an, „aber du hast Hausarrest."

„Ich verschwinde einfach nach der letzten Stunde. Das bekommt keiner mit", beharrte Mira.

„Das meinst du nicht ernst?" Ein gequältes Lächeln huschte über Noahs Mundwinkel. „Um das Gelände zu verlassen, musst du dich beim Hausmeister abmelden, damit er das Tor öffnet."

„Mach dir darum keine Sorgen. Das bekomme ich schon hin", winkte Mira ab. „Und ich bin zurück, bevor es jemand merkt."

„Du meinst es ernst!" Noahs Lächeln wich Entsetzen. „Die werden dich sowas von rausschmeißen."

„Ich glaube, meine Mutter hat hier einiges gedreht, damit man mich hierbehält. Die verlängern vielleicht meinen Hausarrest. Hab ja noch ein paar Wochen auf Bewährung bekommen. Aber was soll's. Ich muss wissen, was da im Dorf vor sich geht. Sonst dreh ich hier echt am Rad", bekräftigte Mira ihren Entschluss.

Dann ertönte die Glocke.

Auf dem Weg zurück zu den Klassenräumen versuchte Noah, Mira nochmals davon zu überzeugen, dass ihr Vorhaben eine in seinen Augen „wirklich dumme Idee" sei. Doch wenn Mira einmal eine Entscheidung gefasst hatte, blieb sie in der Regel dabei.

Die restliche Zeit des Tages verbrachte Mira damit, einen Plan zu schmieden, wie sie unbemerkt vom Gelände kommen konnte. Sie nutzte die Pausen, um sich ein wenig umzuschauen. Besonders die zweite große Pause brachte ihr ausreichend Gelegenheit, entsprechende Vorbereitungen zu treffen. Die Unterlagen, die Mira beim Einführungsgespräch bekommen hatte, beinhalteten auch einen Geländeplan. Um das gesamte Kloster verlief eine Mauer. Diese war nicht sonderlich hoch, aber für einen direkten Aufstieg zu glatt. Die hinteren Gebäude, die den Mönchen gehörten, waren ebenfalls im Plan verzeichnet, wenn auch nicht näher benannt. Das letzte offizielle Schulgebäude war die Bibliothek. Dahinter lagen noch fünf weitere Häuser. Der Vorteil aber war, dass das Gelände hier offenbar sehr weitläufig war und direkt an den Wald grenzte. Und wenn die Zeichnung stimmte, so gab es dort sowohl innerhalb als auch außerhalb der Mauer eine Menge Bäume, die eine gute Möglichkeit boten, das Hindernis zu überwinden.

Mira zählte die Minuten, bis die Glocke erneut erklang und endlich das Ende des Unterrichtstags einleitete. Ohne lange zu zögern, rannte sie auf ihr Zimmer. Dort angekommen, befreite sie sich aus ihrer Schuluniform und zog einen weiten Pulli und eine löchrige Jeans an. Abschließend warf sie sich ihre Jacke über und rannte die Treppenstufen wieder hinunter. Ihr Herz schlug fest. Doch die Aufregung war berauschend. Kein Anzeichen mehr von Müdigkeit. Mira war klar auf ihr Ziel fokussiert.

Sie wählte den Weg, der vom Eingang einmal um das Schulgebäude herumlief, um nicht durch den Innenhof voller Mitschüler laufen zu müssen. Mira hatte die Bibliothek beinahe erreicht, als Noah neben ihr auftauchte. Seine Wangen glühten und er war ganz außer Atem.

„Warte … mal", japste er.

Doch Mira dachte nicht daran und ging strammen Schrittes weiter voran. Dabei warf sie einen hastigen Blick zur Seite, um sicher zu gehen, dass niemand auf sie aufmerksam geworden war.

„Was … auch immer … du vorhast. Ich … komme mit!"

Das Reden fiel ihm merklich schwer beim Laufen.

„Ich halte das für keine gute Idee." Mira schüttelte den Kopf. „Es reicht, wenn ich Ärger bekomme."

Noah stützte die Hände auf die Beine und atmete schwer: „Jetzt … bleib mal … stehen."

„Du machst mich wahnsinnig." Mira drehte sich zu ihm um. „Wegen dir werde ich noch gesehen."

„Wie …", er holte tief Luft, um sich zu beruhigen. „Wie hast du dir das überhaupt vorgestellt? Über die Mauer und in den Wald rein? Und dann? Zu Fuß weiter?"

„Von dort zur Hauptstraße und da wird mich dann schon irgendwer mitnehmen." Wenn Mira ehrlich war, hatte ihre Planung hauptsächlich erst einmal beinhaltet, das Gelände zu verlassen.

„Klingt ja nach einem großartigen Plan."

„Einen besseren habe ich auf die Schnelle aber nicht."

„Ich schon", verkündete Noah stolz, während er sich wieder aufrichtete. „Ich habe heute Mittag einen Besuch in der Stadt beim Hausmeister angemeldet. Du schlüpfst mit mir durchs Tor und dann nehmen wir den Bus runter in die Stadt."

Mira war beeindruckt. „Ich dachte, du wolltest nicht, dass ich gehe."

„Will ich auch immer noch nicht", sagte er ernst. „Aber wenn es sein muss, dann lieber vernünftig. Es fährt jede Stunde ein Bus nach Treibach. Und mit meiner Jahreskarte kann ich dich sogar mitnehmen. Wir müssen nur schauen, dass wir den letzten Bus zurück nicht verpassen, der fährt um fünf vor acht."

Mira überlegte nicht lange und willigte ein.

„Ein Glück." Noah stand die Erleichterung ins Gesicht geschrieben. „Dann treffen wir uns in einer halben Stunde am Haupttor. Hatte Angst, dich zu verpassen, daher noch keine Zeit mich umzuziehen."

Mit einem Mal erfüllten Mira Verwunderung und Freude. Entgegen ihren Erwartungen, dass das Internat die Hölle auf Erden sein würde, war Noah wirklich eine positive Überraschung.

Mira verließ den Schultrakt durch die bronzene Haupteingangstür, durchquerte den kurzen Vorbau mit der Aufschrift „Klosterpforte" und folgte den Stufen Richtung Vorplatz. Dabei bemerkte sie, dass sie das Schulgebäude, seit sie angekommen war, nicht wieder in dieser Richtung verlassen hatte. Staunend fiel Miras Blick auf das imposante Kirchengebäude, das ihr bereits am Abend ihrer Ankunft aufgefallen war. Bei Tageslicht wirkte es noch viel beeindruckender. Mit seinen drei großen sandfarbenen Türmen und dem massiven Vorbau war es, im Gegensatz zu dem schlichten Klostergebäude, sehr pompös. Während Mira den Kiesplatz betrat, vernahm sie Chorgesang aus Richtung der Kirche – und keinen klassischen Kirchengesang, dieser hier war modern, rockig.

Da Mira noch einige Minuten auf Noah warten musste, beschloss sie, ihrer Neugierde nachzugeben und einen kurzen Blick zu riskieren. So folgte sie der breiten Treppe, die hinunter auf den gekachelten Vorplatz der Kirche führte.

Genau mittig unter einem weiteren Vorbau befand sich eine große Eingangspforte, über der ein mit Kapitellen verzierter Rundbogen thronte, der wiederum von zwei massiven Säulen gestützt wurde.

Als Mira sich dem Durchgang näherte, erkannte sie, dass der Vorbau kein durchgängiges Gebäude darstellte, sondern ein quadratisches Atrium beinhaltete. Ein Rundweg verlief links und rechts um den Innenhof und endete dort vermutlich im eigentlichen Kirchenschiff.

Der mit Gras bewachsene Innenhof besaß kein Dach und war vom ummauerten Rundweg aus gut zu erkennen. Auch hier gab es ähnliche, mit Säulen und Rundbögen versehene Öffnungen, die allerdings auf Hüfthöhe in einer Mauer endeten und als Fenster fungierten.

Mittig im Innenhof hatten sich rund zwanzig Schüler an einem steinernen Springbrunnen mit Löwenfiguren versammelt. Unmittelbar vor ihnen hob und senkte ein motivierter Dirigent seine Arme im Takt der Musik. Seine Bemühungen blieben nicht ohne Erfolg. Das Lied, das Mira mittlerweile als Neuinterpretation eines Metallica-Songs ausgemacht hatte, eine Band, die sie früher öfter gehört hatte, schwoll zum finalen Höhepunkt an. Mira spürte, wie ein Kribbeln durch ihren Körper strömte. Musik war für Mira nicht nur einfache Unterhaltung, sie berührte Miras tiefste Emotionen, ganz gleich, ob sie Freude oder Trauer empfand. Im Alltag begleitete Musik Mira immer und überall – sofern ihr Handy nicht bei mürrischen Hausmeistern lagerte.

„Ziemlich cool, hm?"

Erschrocken fuhr Mira herum. Fasziniert von dem berührenden Schauspiel des Chors hatte sie begonnen, leise mitzusingen, und dabei nicht bemerkt, dass im linken Durchgang jemand stand. Ein rothaariges Mädchen strahlte Mira an. Mira schätzte sie etwas jünger als sich selbst.

„Ich bin Elli." Das Mädchen hielt ihr die Hand hin.

Verdutzt erwiderte Mira den Handschlag. „Mira."

„Lust, mitzumachen?"

„Was?", stammelte Mira überfordert.

„Na, bei der Chor-AG. Kannst du singen? Also ich meine, wenn du Lust hast, kann ich dich einfach vorstellen und …", Elli stoppte im Redefluss. „Ich bin zu schnell, oder?"

Mira hob fragend eine Braue.

„Entschuldige, ich falle immer mit der Tür ins Haus. Meine Mutter würde jetzt wieder sagen: Elisabeth, erst nachdenken, dann reden." Den letzten Teil sprach sie mit verstellter Stimme.

Mira musste schmunzeln. „Schon gut."

„Du bist die Neue, oder?", fragte das quirlige Mädchen weiter.

Mira nickte. „Ja, das stimmt."

„Bitte entschuldige, ich wollte dich nicht vollquatschen", Elli machte eine abwiegelnde Geste.

„Nein, schon gut. Ich sollte jetzt mal wieder." Die Situation wurde Mira unangenehm.

„Oh, ja, ach so …" Elli wirkte enttäuscht.

„Ich bin noch verabredet", fügte Mira entschuldigend aber wahrheitsgemäß hinzu.

„Alles klar. Man sieht sich", sagte Elli, und fügte noch rasch hinzu: „War echt 'ne coole Nummer im Treppenhaus." Elli deutete einen Faustschlag in der Luft an.

Mira lächelte kurz und machte sich dann rasch von dannen.

Wieder einmal wurde ihr bewusst, dass der lockere Umgang mit anderen Menschen ihr von Zeit zu Zeit schwerfiel. Mira war oft selbstsicher und taff, wenn es ans Eingemachte ging, doch gerade die einfache, soziale Komponente überforderte sie von Zeit zu Zeit. So war Mira froh, erst einmal Abstand zwischen sich und die lebhafte Elli gebracht zu haben. Viel Zeit, über das merkwürdige Gespräch nachzudenken, blieb ihr auch nicht, denn kurz nachdem sie die Stufen zum Hauptweg hinter sich gelassen hatte, tauchte Noah auf.

„Hier drüben." Sie winkte ihn zu sich.

„Beeindruckendes Gebäude, was?" Noah deutete auf die Kirche hinter Mira.

„Definitiv", nickte Mira, freute sich aber mehr darauf, dem Schulgelände zu entkommen. „Wie sieht der Plan aus?"

Noah fackelte nicht lange. „Los, mir nach."

Gemeinsam eilten sie zum Haupttor. Dort deutete Noah auf die kleine Kamera, die direkt neben der Einfahrt montiert war. Die beiden achteten bei jeder Bewegung darauf, dass sich Mira außerhalb des Sichtradius aufhielt. Noah drückte die Klingel neben der Sprechanlage. Ein kleines Kontrolllämpchen an der Kamera blinkte auf, dann erklang die Stimme des Hausmeisters: „Ja?"

„Hallo, Herr Rottmann. Noah Gruber. Ich würde gerne in die Stadt."

Ohne eine Antwort erklang das knackende Geräusch des Türöffners und die beiden Torflügel öffneten sich.

Wie verabredet wartete Mira, bis Noah hinausgelaufen war. Kurz bevor das Tor wieder einrastete, erlosch das Blinken an der Kamera. Dies war das Zeichen für Mira, ebenfalls hindurch zu schlüpfen.

„Du hattest recht", lobte sie Noah, während sie zur Bushaltestelle liefen. „Der Hausmeister bleibt keine Sekunde länger als nötig auf seinem Posten."

„Das sind eben die Details in meinem Leben auf die ich achte", lachte er. „Allerdings hatte ich bisher noch keine kriminelle Freundin, um meine Talente zu nutzen."

Mira gab ihm einen freundschaftlichen Schubser.

Zum Glück ließ der Bus nicht lange auf sich warten. Die Fahrt dauerte etwa zwanzig Minuten.

In Treibach gab es nur zwei Haltestellen. Eine am Ortseingang und eine im Zentrum. Mira und Noah entschieden, die letztere für den Ausstieg zu nutzen. Vorausschauend hatte Noah auch sein Handy mitgenommen. Mittels der Karten-App konnte er sich und Mira zu der Straße navigieren, in der das Haus mit der Nummer 16 stand.

Mira hatte es vermieden, ihren Freund in alles einzuweihen, denn sie kam sich selbst ein wenig seltsam vor, einen solchen Aufstand wegen eines Traums zu veranstalten. Dennoch hatte sie Noah während der Busfahrt zumindest von dem Haus und den seltsamen Lichtern berichtet. Es war nach achtzehn Uhr und die Dämmerung hatte eingesetzt, als die beiden ihr Ziel erreichten. Die vereinzelten Laternen warfen schwache Lichtkegel auf den Bürgersteig.

„Das ist es?", wollte Noah wissen und runzelte die Stirn.

Mira blieb ihm eine Antwort schuldig. Gedankenversunken starrte sie auf die Holzbretter vor den Fenstern. Alles lag im Dunkeln. Keine Lichter, keine Schatten und, vor allem, keine unheimlichen Stimmen. Einfach nur ein leeres Haus.

„Was machst du denn da?", besorgt eilte Noah ihr hinterher, als Mira mit einem Mal über den hüfthohen Zaun kletterte.

„Wonach sieht es denn aus?", flüsterte sie.

Nervös trat Noah von einem Bein aufs andere. „Das gefällt mir nicht …"

„Bleib du hier und pass auf, dass keiner kommt", wies sie ihn von der anderen Seite des Zauns an.

„Wer sollte denn hierherkommen?", fragte er besorgt

und – wie zur eigenen Beruhigung – fügte er hinzu: „Das Haus steht leer."

„Keine Ahnung. Ein Nachbar? Ein Makler? Halt irgendwer." Mira stand der Sinn gerade nicht nach Diskussionen. „Ich schau mir das Ganze mal näher an."

Ohne weiter auf ihren Freund zu achten, schlich Mira um das Haus herum. Auf der Rückseite befand sich ein kleiner Garten. Hohe Hecken schützten diesen vor Blicken aus den Nachbargrundstücken. Erstaunt bemerkte Mira, dass die Verandatür nicht verriegelt war. Vorsichtig näherte sich das Mädchen. Jemand musste die Bretter abgerissen haben. Die Nägel und Latten lagen auf einem Haufen neben dem Eingang und im Rahmen waren deutlich Löcher zu erkennen. Prüfend drückte Mira sich gegen die Tür und wich erschrocken zurück, als diese tatsächlich nachgab. Lautlos schwang sie auf. Mit heftig pochendem Herzen trat Mira ein.

Ein schwacher Geruch von Rauch lag in der Luft. Durch die Bretter an den Fenstern drang nur wenig Licht ins Innere. Mira ärgerte sich, Noahs Handy nicht mitgenommen zu haben. Doch sie hatte auch keine Lust zurückzulaufen, und allmählich gewöhnten sich ihre Augen an das Dämmerlicht. Zu Miras Verwunderung waren die Räume ordentlich möbliert, ganz so, als ob das Haus noch bewohnt war. Sie durchquerte die offene Küche und den Essbereich und erreichte den Flur. Hier führte eine Treppe hinauf in die zweite Etage. Vorsichtig spähte Mira nach oben. Alles blieb ruhig. Mit wachsender Nervosität schlich Mira die Stufen hinauf. Das Zimmer mit dem Licht, das sie vom Auto aus gesehen hatte, musste nun unmittelbar vor ihr liegen. Die Tür war geschlossen. Mira hielt den Atem an, während sie die Klinke vorsichtig hinunterdrückte.

Das wenige Licht gab nach und nach einige Konturen zu erkennen. Das Zimmer war ein Schlafzimmer. Es gab an einer Wand ein großes Bett, daneben zwei Kommoden und einen langen Wandschrank gegenüber. Auf den ersten Blick nichts Außergewöhnliches. Beinahe enttäuscht trat Mira ein. Irgendwas musste doch hier sein. Hatte sie sich alles nur eingebildet? Mira öffnete den Kleiderschrank. Es wirkte, als könnte der Eigentümer des Hauses jeden Moment zurückkommen. Im Schrank hing Kleidung und die Schubladen waren mit sorgsam gefalteten Unterhosen und zusammengelegten Socken gefüllt. Hier stimmte doch etwas nicht! Mira glaubte nicht an Gespenster – aber es passte alles nicht zusammen. Ein zugenageltes Haus, das es laut Navi nicht geben durfte, dazu volle Kleiderschränke, beinahe so, als ob noch jemand hier wohnte, dann die seltsamen Lichter und der unheimliche Traum.

Gerade als Mira sich vom Schrank abwenden wollte, fiel ihr ein sanftes Glimmen ins Auge. Zwischen den langen Kleidern, die an einer Stange hingen, leuchtete etwas. Mira schob die Sachen zur Seite. Irritiert starrte sie in den Schrank.

Auf dem Boden stand ein Glasbehälter. In seinem Inneren bewegte sich ein zart leuchtender Gegenstand. Mira kniete sich hin. Ihre Hände schlossen sich um das Glasgefäß. Langsam zog das Mädchen es näher zu sich heran. Eine wohlige Wärme ging von dem Leuchten aus und erfüllte ihren ganzen Körper. Gebannt schaute Mira in das pulsierende Licht. Erst aus der Nähe erkannte sie, dass es von einem Kristall ausging, und es sah ganz so aus, als ob dieser in dem Glasbehälter schweben würde, während er sich langsam um seine eigene Achse drehte. Mit einem Mal änderte sich das Licht. Es wurde bläulich. Das wärmende Gefühl wich einer eisigen Kälte, und dort, wo Miras Finger das Glas berührten, entstanden feine Eiskristalle. Unfähig, ihre Hände vom Glas zu lösen, spürte Mira ein Kribbeln in den Schläfen – alles begann sich zu drehen, und kurz darauf umfing sie tiefe Dunkelheit.

Mira brauchte einen Moment der Orientierung, als sie ihre Augen wieder öffnete. Sie lag auf dem Boden vor dem Schrank. Nicht weit von ihr befand sich der Glasbehälter. Er war zerbrochen und überall glitzerten feine Scherben. Mira wurde gewahr, dass sie etwas in ihrer Hand umklammert hielt. Sie öffnete ihre zittrigen Finger und starrte auf den glänzenden Kristall. Sein Licht war erloschen. Ehe sie jedoch weiter darüber nachdenken konnte, hörte sie ein Knarren aus dem Flur, gefolgt von einem Schatten, der am Zimmer vorbeihuschte. Erschrocken fuhr Mira zusammen. Dann kroch sie auf allen Vieren zur Tür und warf einen vorsichtigen Blick hinaus. Ihr Herz schlug heftig und sie konnte vor Aufregung kaum einen klaren Gedanken fassen. Vom vermeintlichen Besucher war nichts zu entdecken, dafür befand sich am Ende des Flurs eine Tür, die einen Spalt weit offenstand. Ungläubig rieb sich Mira die Augen. Das war völlig unmöglich. Helles Tageslicht fiel von dort in den Flur und der Wind wehte vereinzelt Schneeflocken in das Haus hinein. Den Kristall noch immer fest umklammert, kämpfte sich Mira auf die Beine und näherte sich der Tür.

Durch den Spalt drang eiskalte Luft. Mira zog den Reißverschluss ihres Anoraks bis hoch zu ihrem Kinn. Dann nahm sie allen Mut zusammen und öffnete die Tür. Grelles Weiß strahlte ihr entgegen und ihre Augen brauchten einen Moment, um sich daran zu gewöhnen. Vor ihr erstreckte sich eine überwältigende winterliche Kulisse. Aus weiten Wäldern erhoben sich gigantische Bergmassive, über und über bedeckt mit Schnee. Völlig überwältigt stolperte sie einige Schritte zurück. Doch dort, wo noch vor wenigen Augenblicken das Haus gestanden hatte, war nichts mehr außer Schnee.

Mira war sich sicher, jetzt hatte sie vollkommen den Verstand verloren. Verstört strich sie sich durch die Haare, während sie fieberhaft überlegte, was sie jetzt tun sollte.

Nicht weit von ihr bemerkte sie Rauchschwaden, die unmittelbar hinter einem kleinen Tannenwäldchen aufstiegen. Vielleicht war dort jemand, der ihr helfen konnte!

Mira erkannte, dass nicht weit von ihr in regelmäßigen

Abständen Holzpfähle aus dem Weiß herausragten, die zentimeterhohe Schneehüte trugen. Diese schienen einen Weg zu säumen, der in Richtung des kleinen Waldes führte.

Ohne weiter nachzudenken, begann Mira, sich auf den Pfad zuzubewegen. Dabei sank sie immer tiefer in den Schnee ein und spürte, wie die Nässe durch den Stoff ihrer Schuhe drang und die Kälte erst ihre Füße erreichte und dann ihre Beine emporkroch. Mühsam kämpfte sie sich weiter voran, bis sie den Weg erreicht hatte. Hier war der Schnee schon etwas plattgetreten, sodass Mira besser vorankam. Der Pfad führte Mira zunächst an den Rand des Plateaus, und von dort aus einige Meter schräg den Berg hinab bis zur nächsten Ebene. Dort konnte Mira auch den Ursprung des Rauchs ausfindig machen. Aus der Ferne erkannte sie zwischen mehreren Tannen zwei Personen, die an einem Lagerfeuer saßen. Mit größter Vorsicht folgte Mira dem Pfad weiter hinab. Mittlerweile zitterte sie am ganzen Körper und das Atmen fiel ihr schwer. Die Kälte brannte ihr im Hals und in den Lungen.

Unten angekommen verließ Mira den Weg nach einigen Schritten wieder, um sich dem Lager erst einmal von der Seite zu nähern. Schließlich wusste sie nicht, wer dort auf sie warten würde und zog es vor, zunächst einen Blick auf die Fremden zu werfen. Auch wenn ihr bewusst war, dass sie in dieser irrsinnigen Situation sicherlich auf Hilfe angewiesen sein würde.

Die beiden Personen waren in dicke Mäntel mit fellbesetzten Kapuzen gehüllt. Sie schienen in eine hitzige Diskussion verwickelt. Mit wilden Gesten unterhielten sie sich lautstark. Dabei waren sie so mit sich beschäftigt, dass sie Mira nicht bemerkten, die bis auf wenige Meter an sie herangeschlichen war und sich hinter einem Baum versteckte.

Obwohl Mira die beiden deutlich verstehen konnte, war es schwer, ihrer Diskussion zu folgen, geschweige denn zu verstehen, um was es sich dabei handelte.

„… sicherlich nicht, Herr Tolrok", erklang die Stimme der ersten Person. „Sie wissen genauso gut wie ich, dass es unübersehbar das Falsche wäre, diese und jene Einstellung nachzuvollziehen. Aber nun gut, wenn Sie unbedingt wollen. Von mir werden Sie zu dieser Äußerung keine Meinung erhalten."

„Sehr geehrter Herr Nushok," antwortete die zweite Person lautstark. „Es ist sehr wohl wichtig, Ihre Meinung einzuholen, wo wir doch beide wissen, dass es mir ferner nicht akzeptabel erschiene, meine sehr wohl qualifizierte Bemerkung zu dieser Thematik kundzutun."

„Jetzt hören Sie schon auf, Herr Tolrok, qualifizierte Meinung, pah!", entgegnete der erste wieder. „Wenn ich das schon höre. Sie wissen genauso gut wie ich, dass es gar nicht in Ihrem Ermessen liegt, diese Unterhaltung zu einem glanzvollen Ausgang zu begleiten."

Der zweite schnaubte verächtlich auf. „Jetzt werden Sie nicht beleidigend! Als ob es an Ihnen wäre, diesem Gespräch eine sinnvolle Botschaft mitzugeben. Sie sind es doch, der auf engstirnige Art derlei verbohrt ist, und sich gegen jeglichen vernünftigen Satz sträubt."

Mira hatte genug zugehört. Wer auch immer diese merkwürdigen Kerle waren, Mira war derart durchgefroren, dass sie nur noch an das wärmende Feuer denken konnte, das nur ein paar Schritte von ihr entfernt war.

„Ent … schuldigung", bibbernd vor Kälte kam Mira hinter dem Baum hervor.

Die beiden Gestalten verstummten augenblicklich und drehten sich zu ihr um. Mira stutzte. Etwas stimmte mit ihren Gesichtern nicht. Die Schatten ihrer Kapuzen lagen ein Stück darüber, doch die Nasen der beiden wirkten unförmig und ihre Augen glitzerten merkwürdig.

Der erste von ihnen erhob sich und kam Mira langsam entgegen. Dabei griff er mit beiden Händen nach seiner Kapuze und ließ sie in den Nacken rutschen.

Mit weit aufgerissenen Augen starrte Mira ihm ins Gesicht. Es hatte wenig Menschliches. Die Spitze der breiten Nase war schwarz und glänzte feucht und erinnerte Mira an die eines Hirschs. Auch die großen dunkelbraunen Augen waren die eines Tiers. Über ihnen saßen buschige Brauen. Das Markanteste an dem Wesen jedoch waren die zwei Hörner, die gedreht an den Seiten seines Kopfes herauswuchsen. Ganz so, wie die eines Widders.

„Hat sie ihn?", sagte das Wesen plötzlich.

„Ich kann es nicht bestätigen, doch die Vermutung über diesen Umstand liegt nah", bekräftigte das zweite.

„Was … wer …?", stammelte Mira, während sie ein Stück nach hinten wich.

„Aber wäre es nicht falsch? Sie dürfte nicht hier sein. Nicht hier bei uns", fuhr das erste Wesen fort, während es auf Mira zuging. Dabei bemerkte Mira nun auch die kräftigen fellbedeckten Beine, an deren Enden Hufe statt Füße waren.

„Nein, auf keinen Fall hier bei uns. Zu gefährlich, viel zu gefährlich", war die Stimme des zweiten Wesens zu vernehmen. „Sie muss aufwachen …"

Mira stolperte und landete rücklings im Schnee. Das Wesen hatte sie erreicht und beugte sich über sie. Unfähig etwas zu sagen, starrte Mira es angsterfüllt an.

„Sofort aufwachen!"

„Strafe muss sein"

Mira riss ihre Augen auf. Ihr Herz klopfte so schnell, dass sie glaubte, es würde ihr aus dem Brustkorb springen. Sie lag auf dem Boden des Schlafzimmers des Hauses Nummer 16, den gläsernen Kristall noch immer in der Hand. Keine Spur von Bergen, Schnee oder befremdlichen Tierwesen.

Sie horchte auf. War da jemand?

„Frau Rother? Sind Sie hier?" Das Knarren der Treppe erklang.

Augenblicklich richtete sich Mira auf. Sie hatte die Stimme erkannt. Frau Diekmann! Was in aller Welt machte die Schulleiterin hier?

Noch während Mira sich fieberhaft nach einem Versteck oder einer Fluchtmöglichkeit umschaute, wurde ihr ein neuer Umstand bewusst – ein kalter Schauer rann ihr den Rücken hinab: Das Zimmer war nicht mehr dasselbe. Trotz des spärlichen Lichts wirkte die gesamte Einrichtung viel älter und heruntergekommener als zuvor. Der Schrank, der noch immer offen stand, war leer.

Doch Mira blieb keine Zeit, sich weiter darüber zu

wundern. Frau Diekmann hatte das Zimmer erreicht. Sie stand im Türrahmen und musterte Mira sorgenvoll.

„Es geht Ihnen gut, ein Glück." Erleichterung war ihr ins Gesicht geschrieben, schnell jedoch änderte sich ihre Miene und die Direktorin schaute Mira mit strengem Blick an. „Folgen Sie mir!"

In Miras Kopf drehte sich alles. Unfähig, Widerstand zu leisten, ging sie hinter der Direktorin her. Den Kristall ließ Mira in ihrer Hosentasche verschwinden.

Auch der Rest des Hauses hatte sich verändert. Überall lag zentimeterdick Staub. Die Tapeten waren teilweise heruntergerissen. Zerbrochenes Glas knirschte unter Miras Füßen und überall lag Müll herum. Verwirrt verließ sie das Haus durch den Garten und kehrte zur Straße zurück. Dort stand ein alter hellblauer Ford Mustang. Auf der Rückbank saß Noah. Er vermied den Blickkontakt zu Mira, als diese auf dem Beifahrersitz Platz nahm und schaute betreten in den Fußraum.

„Ich hatte keine Wahl", kam eine zögerliche Entschuldigung. „Du kamst nicht wieder. Ich wusste nicht, was ich machen sollte. Ich hatte Angst."

Er verstummte, als Frau Diekmann zu ihnen ins Auto stieg. Ohne ein weiteres Wort startete sie den Motor und fuhr die beiden zurück ins Internat.

„Gehen Sie auf Ihr Zimmer, wir sprechen uns morgen", wies die Direktorin Noah an, als sie alle aus dem Fahrzeug stiegen und die Klosterpforte betraten. Dann wandte sie sich Mira zu: „Sie, meine Liebe, kommen mit mir."

Noah tauschte einen besorgten Blick mit Mira aus. Dann trottete er betrübt von dannen.

Vor dem Büro der Direktorin angekommen, wies sie Mira an, sich auf einen der Stühle im Flur zu setzen.

„Sie warten hier!", sagte sie im ernsten Tonfall, bevor sie das Büro betrat und die Tür hinter sich schloss.

Stumm starrte Mira zu Boden. In ihrem Kopf herrschte ein fürchterliches Chaos. Vor Miras innerem Auge tauchte das Gesicht des befremdlichen Wesens auf. Halb Tier, halb Mensch. Wie konnte so etwas überhaupt möglich sein? Was geschah nur mit ihr? War sie vielleicht verrückt? Halluzinierte sie? Vielleicht sollte sie Frau Diekmann von den Geschehnissen erzählen und sich zu einem Psychiater fahren lassen. Nachdenklich holte Mira den Kristall aus ihrer Tasche und betrachtete ihn. Die seltsamen Lichter, die Stimme in ihrem Kopf und das Haus, das zunächst bewohnt und dann verlassen war. War der Kristall dafür verantwortlich? Das alles ergab einfach keinen Sinn. Immerhin war Mira erst durch die merkwürdigen Vorkommnisse der letzten Tage in den Besitz dieses einzigartigen Objekts gekommen.

Die Tür zum Büro der Direktorin öffnete sich erneut und Mira steckte den Kristall hastig wieder in ihre Hosentasche.

„Rein mit Ihnen", wies die Direktorin sie an.

Mira folgte der Anweisung und nahm anschließend vor dem Schreibtisch Platz.

„Sie haben den Bogen weit überspannt, meine Liebe", begann Frau Diekmann in strengem Ton, dabei warf sie einen Blick auf die Wanduhr. Es war bereits nach zehn. „Nicht nur, dass Sie die Hausordnung missachtet haben und nach einundzwanzig Uhr noch draußen waren, Sie haben sich hinzu wissentlich Ihrer Strafe widersetzt – und als wäre das nicht genug, brechen Sie auch noch in ein Haus ein!"

Mira zuckte nur mit den Achseln.

„Ist das alles, was Sie dazu zu sagen haben? Wie wäre es mit einer Erklärung?"

Mira seufzte. „Sie würden mir eh nicht glauben – ich glaube es ja nicht einmal selbst."

„Versuchen Sie es."

„Ich … ach, vergessen Sie's." Mira drehte den Kopf zur Seite.

„Gut, dann nicht", Frau Diekmann musterte Mira durchdringend. „Sie können von Glück reden, dass Ihre Mutter sehr daran interessiert ist, dass Sie bei uns bleiben."

„Das glaube ich gern."

„Sie gehen jetzt unverzüglich auf Ihr Zimmer", sagte Frau Diekmann und schob ihre Brille ein Stück hoch. „Zudem erweitere ich Ihre Strafe. Bis auf weiteres kein Handy, und Sie bekommen Stubenarrest. Das heißt, Sie werden nur noch zu den Unterrichtsstunden und Mahlzeiten die

Mädchenunterkünfte verlassen. Darüber hinaus teile ich Sie der Küche zu. Dort werden Sie sich morgen früh pünktlich um fünf Uhr dreißig einfinden. Vor und nach dem Unterricht werden Sie dort aushelfen."

Mira starrte die Schulleiterin an. „Und wie lange?"

„Bis Sie verstanden haben, sich zu benehmen."

„Das können Sie nicht einfach so bestimmen, ich habe Rechte!" Mira ballte ihre Hände zu Fäusten.

„Zu jedem Recht gehört auch eine Pflicht. Wenn ich erkenne, dass Sie sich dessen bewusst geworden sind, werde ich Sie von der Tätigkeit entbinden." Der Ausdruck im Gesicht der Direktorin ließ keinen Widerspruch zu.

Was bildete sich diese Frau ein! Zornig stieß Mira den Stuhl nach hinten.

„Vielen Dank!", schrie sie, stürmte aus dem Büro und warf die Tür hinter sich zu.

Wütend stapfte Mira die Treppe zu den Unterkünften hinauf. Vor ihrem Zimmer angekommen, zögerte sie. Ihr Blick wanderte hinüber zur Fensterseite. Einen Moment starrte sie in das Dunkel hinaus, dann öffnete sie die Tür.

Der nächste Morgen begann für Mira sehr früh, nach einer durchwachsenen Nacht. Ihre Wut auf die Direktorin war der Erkenntnis gewichen, dass Miras Probleme eindeutig größerer Natur waren als Strafarbeiten und Hausarrest. So hatte sie sich einen Wecker gestellt, um weiterem Ärger aus dem Weg zu gehen. Pünktlich um halb sechs stand Mira im Speiseraum. Müde rieb sie sich die Augen. Die gestrigen Ereignisse hatten sie lange wachgehalten.

„Frau Rother?", eine Dame mittleren Alters kam hinter der Theke hervor. Ein Haarnetz bedeckte ihren Kopf, um ihren Bauch hatte sie eine weiße Schürze gebunden. „Kommen Sie bitte mit."

Missmutig folgte Mira der Dame in die Küche. Alle Wände und der Fußboden waren weiß gefliest, die Küchengeräte und Arbeitsflächen waren allesamt aus Edelstahl. Außer Mira und der Dame waren noch zwei weitere Frauen in der Küche.

„Ich bin Helga", stellte sich die Küchenchefin schließlich vor. „Das sind Traudel und Veronika."

„Mira."

„Sehr schön. Dann wollen wir dir mal passende Kleidung heraussuchen. Da hinten kannst du dich umziehen", sagte Helga, während sie einen Stapel weißer Wäsche aus einem Schrank holte.

Miras Aufgaben an diesem Morgen waren das Öffnen von Plastikverpackungen und das Verteilen von Aufschnitt auf Frischhalteboxen, die nach einem alphabetischen System in die Kühlung geräumt wurden. Nicht sonderlich spannend, doch zu Miras Erleichterung waren die drei Frauen sehr nett. Sie plauderten und scherzten mit ihr, und so verging der Morgen schneller als Mira erwartet hatte.

Als die ersten Schüler den Saal betraten, vermied Mira es, die Küche zu verlassen. Verwundert über sich selbst musste sie sich eingestehen, dass es ihr peinlich war, würde sie von den anderen gesehen werden.

Als die Glocke zur ersten Stunde erklang, wechselte Mira rasch die Klamotten und machte sich auf den Weg zu ihrem Unterrichtsraum. Unterwegs hielt sie nach Noah Ausschau, doch konnte ihn nicht entdecken.

Ehe Mira den Klassenraum betrat, wurde sie von Eleonora abgefangen. „Was hast du bloß für ein Problem?"

„Was geht's dich an?", fuhr Mira sie direkt an.

„Einiges! Ich darf jetzt nämlich auf dich aufpassen."

Mira schürzte verächtlich die Lippen. „Ich brauche keinen Aufpasser."

„Anscheinend doch! Frau Diekmann hat mir von deinem kleinen Ausflug gestern Nacht berichtet. Du stehst ab jetzt unter meiner Beobachtung, über jeden deiner Schritte werde ich der Direktorin berichten." Hochnäsig baute Eleonora sich vor Mira auf.

„Du bist so eine Heldin", entgegnete Mira, stieß ihre Mitbewohnerin mit der Schulter beiseite und betrat den Klassenraum.

Für die kommenden zwei Stunden stand Mathe auf dem Stundenplan. Es war das erste Mal, seitdem Mira an der neuen Schule war, dass Herr Feller einen Unterricht von ihr leitete – der Lehrer, der Mira im Speisesaal gegen Jakob und seine Bande verteidigt hatte. Mira musste Noah

Recht geben, Herr Feller hatte Sinn für Humor und verlieh selbst einem Fach wie Mathe eine gewisse Prise Spaß. Trotz allem legte er eine faire Strenge an den Tag, sodass niemand sich ungerecht behandelt fühlte. Er war, so empfand es Mira, eine Respektsperson, mit der man auch lachen konnte.

Die zwei Schulstunden vergingen wie im Flug und lenkten Mira vom Grübeln ab.

Gerade, als Mira nach dem Ertönen der Glocke ihre Sachen zusammenpackte, trat Herr Feller an ihr Pult heran.

„Frau Rother? Haben Sie eine Minute für mich?", wollte er wissen.

„Ähm …", verdutzt schaute Mira zu ihm auf. „Klar."

„Sehr schön." Herr Feller nahm den leeren Stuhl des Nachbartischs, drehte ihn verkehrtherum und setzte sich dann mit der Lehne zwischen den Beinen vor Mira.

„Ich wollte mich Ihnen einmal persönlich vorstellen", begann er das Gespräch. „Sie sind neu bei uns, und ich kann mir vorstellen, dass das nicht immer ganz einfach ist."

Mira nickte – sie ahnte, worauf er hinauswollte.

„Frau Diekmann hat mir erzählt, dass es die letzten Tage ein wenig holprig lief", fuhr er fort. „Neben der Tätigkeit als Ihr Mathelehrer bin ich auch der Vertrauenslehrer an dieser Schule. Das heißt, wenn Ihnen irgendwas auf der Seele brennt, Sie Ärger mit anderen Schülern haben, dann bin ich für Sie da. Zögern Sie nicht, mich anzusprechen."

„Danke." Einen kurzen Moment dachte Mira tatsächlich darüber nach, wie es wohl wäre, ihm von den wahren Erlebnissen der letzten Tage zu berichten.

Herr Feller schaute Mira ruhig an, ganz so, als ob er auf etwas warten würde, dann jedoch klatschte er einmal in die Hände und sprang vom Stuhl auf.

„Gut. Dann wünsche ich Ihnen noch einen schönen Tag." Mit einer schwungvollen Handbewegung drehte er den Stuhl zurück zum Nachbarstisch. „Wie gesagt, wenn etwas ist, kommen Sie zu mir und wir finden eine Lösung."

Mira musste schmunzeln. „Alles klar. Das mache ich." Dann nahm sie ihren Rucksack und verließ den Klassenraum.

Die weiteren Stunden waren leider deutlich weniger spannend, sodass Mira bald wieder in ihr altes Muster verfiel und dem Unterricht nur noch wenig Aufmerksamkeit zukommen ließ. Während der Politikstunde bei Frau Marion, einer kleinen Lehrerin mit einem glattgeföhnten Pagenschnitt, die große Mühe hatte, die Klasse unter Kontrolle zu halten, begann Mira, einen Fisch auf den Rand ihrer Notizen zu malen.

„Was ist das denn?", erklang die Stimme von Miras Sitznachbarin – einem dürren Mädchen mit Zöpfchen, dessen Namen sie sich nicht merken konnte. Das Mädchen deutete auf Miras Rucksack. „Da läuft irgendwas aus."

Tatsächlich hatte sich eine Pfütze unter Miras Rucksack gebildet.

„Was zum …?" Mira zog die Tasche zu sich, dabei schwappte weitere Flüssigkeit über den Rand. Entgeistert starrte Mira hinein. Der Rucksack war bis oben hin mit Wasser gefüllt. Und wäre das nicht genug, bewegte sich dort im trüben Nass etwas. Zwischen ihren Schulheften kam ein merkwürdig aussehender roter Fisch zum Vorschein.

Erschrocken sprang Mira auf. „Entschuldigen Sie … ich … mir ist da was ausgelaufen! Ich muss das kurz trocknen."

Ohne eine Antwort abzuwarten, griff sie ihren Rucksack und rannte aus dem Klassenzimmer. Mira eilte zum nächsten Waschraum und warf den tropfenden Rucksack auf die Ablage neben dem Waschbecken. Dann zog sie am Hebel, um den Abfluss zu schließen und kippte den Inhalt hinein.

Zu ihrer Überraschung war kaum noch Wasser in der Tasche. Neben einem Stapel durchweichter Blöcke, Hefte und Papiere, kullerte auch der Kristall in das Waschbecken. Diesen hatte Mira am heutigen Morgen vorsichtshalber mitgenommen, da sie ihn nicht unbeaufsichtigt in ihrem Zimmer zurücklassen wollte. Vom Fisch hingegen war nichts zu sehen. Mira riss den Rucksack noch einmal so weit wie möglich auf und hielt ihn offen ins Licht, doch der Fisch blieb verschwunden.

Mira horchte auf. Vor dem Waschraum waren Stimmen zu vernehmen. Schnell griff sie nach dem Kristall und steckte ihn gerade rechtzeitig in die Hosentasche, als die Tür sich öffnete.

Eleonora und Melanie kamen herein.

„Du bist echt völlig durchgeknallt, weißt du das?" Eleonora kam direkt auf Mira zu.

„Was macht ihr hier?" Mira funkelte die beiden argwöhnisch an.

„Nach dir sehen? Wir sind pflichtbewusste Schülerinnen und kümmern uns umeinander", entgegnete Eleonora mit sarkastischem Unterton.

„Schon klar, darum habt ihr Noah neulich auch nicht geholfen und darum verhältst du dich seitdem so richtig scheiße."

Eleonora stemmte ihre Hände in die Hüften. „Ich will dir mal was sagen, du kommst hier in meine Schule und machst nichts als Ärger. Störst den Unterricht und lässt mich dastehen wie eine Idiotin."

„Du nimmst dich ganz schön wichtig", stellte Mira mit ruhiger Stimme fest. „Bisher habe allerdings nur ich Ärger bekommen."

„Hallo?" Eleonora rollte mit den Augen. „Du bist bei mir im Zimmer, weil ich mich um dich kümmern soll, und das einzige, was bisher dabei rumgekommen ist, ist, dass du in einer Tour gegen die Regeln verstößt – weiß der Teufel, warum man dich nicht schon längst wieder nach Hause geschickt hat. Aber glaub mir, dafür werde ich schon noch sorgen."

„Nun zeigst du also dein wahres Gesicht." Mira lachte verächtlich auf. „Glaub nicht, dass du hier die Gute bist."

Im selben Moment klopfte es an der Tür. Die Stimme des Hausmeisters erklang.

„Was ist das hier?", schimpfte er. „Hier draußen ist alles nass! Wer ist dafür verantwortlich?"

Eleonora lächelte Mira gehässig an, machte einen Schritt zurück und drückte die Tür auf.

„Herr Rottmann, gut, dass Sie kommen. Ich habe gerade zu Mira gesagt, dass es nicht sein kann ..."

„Ist mir egal", unterbrach er sie mürrisch. „Sorgt dafür, dass das aufgewischt wird. Putzeimer gibt's in der Kammer."

„Sehr gerne, Herr Rottmann. Ich kümmere mich darum", sagte Eleonora mit einem zuckersüßen Lächeln auf den Lippen.

Vom Hausmeister war nur ein unverständliches Knurren als Antwort zu vernehmen, während er von dannen stapfte.

„Melanie, bist du so gut und holst Mira den Eimer und den Wischmop, dann kann sie direkt loslegen", forderte Eleonora ihre Freundin auf.

Mira kochte innerlich vor Wut – nicht, weil sie das Wasser aufwischen sollte, schließlich hatte sie die Überschwemmung auf irgendeine merkwürdige Weise tatsächlich zu verantworten – viel mehr war es Eleonoras gehässige Art, die Mira in Rage versetzte. Dennoch war ihr bewusst, dass sie bei dieser Konfrontation den Kürzeren ziehen würde. Eleonora würde jedes Detail sofort der Direktorin melden. Und so nahm Mira den Wischer samt Eimer einfach entgegen.

„Und dass du bloß ordentlich bist", setzte Eleonora noch einmal nach.

„Übertreib es nicht …", zischte Mira aus dem Mundwinkel.

Mit einem Handzeichen gab Eleonora Melanie kurz zu verstehen, dass ihre Arbeit getan war, und die beiden Mädchen schritten davon.

Entnervt starrte Mira noch einen Moment auf die geschlossene Tür, als sie wieder allein war. Dann legte sie den Wischer neben sich und wandte sich ihrem eigentlichen Problem zu.

„Was hat das zu bedeuten?", murmelte Mira vor sich hin, den Blick auf das Waschbecken gerichtet. Zumindest eines wurde ihr in diesem Moment bewusst. Wenn sowohl ihre Sitznachbarin als auch der Hausmeister und ihre Zimmergenossin das Wasser sehen konnten, hatte Mira sich das Ganze zumindest nicht nur eingebildet. Konnte dieses neuerliche Ereignis etwas mit dem Kristall zu tun haben? Auch wenn Mira sich nicht erklären konnte, wie durch den Stein Wasser in den Rucksack gekommen war oder was es mit dem Fisch auf sich hatte. War die Form des Fischs nicht auch merkwürdig gewesen? Hätte ich doch bloß mein Handy, ging es Mira durch den Kopf. Aufgrund des

Stubenarrests hatte sie nicht einmal die Gelegenheit, nach Schulschluss an einen Rechner mit Internet zu gehen, um nach der Fischart zu suchen.

Vorsichtig nahm Mira ihre Schulsachen aus dem Waschbecken. Die Hefte konnte sie wegschmeißen. Mira drückte die Klappe des Mülleimers auf und ließ den nassen Stapel darin verschwinden. Anschließend griff sie nach dem Wischer und begann, die Pfützen im Treppenhaus aufzunehmen.

Während sie die Stufen hoch zum Klassenraum wischte, fiel ihr Blick durch eines der hohen Fenster. Von hier aus konnte Mira die Bibliothek sehen und hielt kurz inne. Unmittelbar vor der Bibliothek stand jemand. Ein Mann in einer dunklen Kutte. Mira brauchte einen Moment, um die Person einzuordnen. Dann fielen ihr die Geschichten über die hier lebenden Mönche ein. Bisher hatte sie zwar noch keinen von ihnen zu Gesicht bekommen, doch auf die Entfernung passte die Kleidung zu den Bildern, die im Flur vor dem Zimmer von Frau Diekmann hingen. Interessiert beobachtete Mira den Mann weiter. Mit einem Mal jedoch wandte dieser sich ihr zu und schaute sie direkt an. Erschrocken machte sie einen Schritt zurück und musste aufpassen, nicht die Treppe hinunterzufallen. Gerade noch konnte Mira sehen, wie der Mann die Bibliothek betrat.

Als Mira mit allem fertig war, klingelte es zur großen Mittagspause. Sie leerte den Eimer und stellte ihn zusammen mit dem Wischer zurück in den Putzschrank. Danach eilte sie zum Speisesaal, in der Hoffnung, endlich auf Noah zu treffen, doch auch hier hatte sie kein Glück. Von ihm fehlte noch immer jede Spur. Auch wenn sie ein wenig sauer auf ihn war, dass er sich während des Besuchs beim Haus Nummer 16 ausgerechnet an die Direktorin gewandt hatte, so war er doch ihre einzige Bezugsperson. Natürlich kannte Mira es nicht anders. In der Vergangenheit war sie immer wieder allein gelassen worden und auf sich selbst gestellt gewesen. Doch dieses Mal war es anders. Mira wunderte sich selbst über ihr Bedürfnis, sich jemandem anvertrauen zu wollen. Die sonderbaren Vorkommnisse bereiteten ihr Sorgen. Wehmütig musste sie an Nikolai denken. Er hatte ihr gesagt, sie solle sich melden, wenn es Probleme gab. Doch wie konnte sie ihn kontaktieren, ohne ihr Handy? Mira wurde schwer ums Herz. In diesem Moment fühlte sie sich sehr allein, und das machte ihr Angst.

Die folgenden Tage verliefen ruhig. Für den Kristall hatte Mira noch immer kein geeignetes Versteck gefunden, sodass sie es vorzog, ihn weiter bei sich zu tragen. Sie bewahrte ihn meistens im Rucksack auf. Immerhin war eine Überschwemmung dort allemal besser als in ihrer Hosentasche. Bisher allerdings blieb Mira von weiteren seltsamen Fischen oder sonstigen Absonderlichkeiten verschont, sodass ihr die Erlebnisse allmählich wie ein Traum erschienen.

Den Küchendienst empfand Mira kaum als Strafe. Auch wenn sie hauptsächlich mit Tellerwaschen, dem Hochstellen von Stühlen oder anderen Hilfsarbeiten betreut wurde, so war die lockere Atmosphäre, die zwischen den Frauen herrschte, eine gute Ablenkung von Miras schweren Gedanken.

Eines jedoch bereitete ihr zunehmend Sorgen: Es war bereits der dritte Tag nach ihrem kleinen Ausflug zur Hausnummer 16 und noch immer gab es keine Spur von Noah. Wo er wohl steckte?

Als sie an diesem Abend ihren Dienst in der Küche beendet hatte, entschied Mira, Herrn Feller, den Vertrauenslehrer, aufzusuchen. Eine bessere Idee hatte sie nicht und vielleicht konnte er ihr sagen, wo Noah steckte.

Die Lehrerbereiche schlossen an die Mädchenunterkünfte und das Schulgebäude an, waren aber nur über einen separaten Zugang im Erdgeschoss zu erreichen. In diesem Teil des Internats war Mira bisher noch nicht gewesen. Er hatte große Ähnlichkeit mit den Fluren im Untergeschoss. Breiter Gang, Parkettfußboden und hohe Fenster. Hier waren diese allerdings zum Hinterhof gerichtet und die rückwärtige Außenanlage des Klosters, die nicht mehr zum Schulbereich gehörte, war durch sie zu sehen. Neugierig blieb Mira stehen und spähte hinaus. Zwischen mehreren großen Bäumen stand ein langer Gebäudekomplex, der ein eigenes Zugangstor zu einem weiteren Innenhof besaß. Während Mira interessiert die Umgebung beobachtete, fielen ihr vier Personen ins Auge, die wild gestikulierend vor einem schwarzen Sportwagen standen. Zwei von ihnen trugen dunkle Mönchskutten.

Die Diskussion schien sehr hitzig zu sein, und Mira hätte zu gerne gewusst, worüber sie sprachen. Im selben Moment durchfuhr Mira ein Schaudern! Einer der Mönche hatte den Kopf zur Seite genommen. Sein bleiches Gesicht schälte sich wie das eines Geists aus der Dunkelheit. Auf die Entfernung war es schwer zu sagen, doch für den Bruchteil einer Sekunde wirkte es beinahe so, als ob er sie direkt anschaute. Schon wieder!

Wahrscheinlich war es nur Zufall – und hatte nichts zu bedeuten. Doch Mira war unheimlich zumute. Rasch löste sie sich vom Fenster und setzte ihren Weg zum Zimmer des Vertrauenslehrers fort. Dort angekommen atmete sie kurz durch und klopfte an.

„Frau Rother, kommen Sie doch bitte herein", begrüßte Herr Feller sie freundlich, nachdem er ihr die Tür geöffnet hatte.

Er führte Mira durch den schmalen Eingangsflur seiner Wohnung vorbei an mehreren Türen geradewegs in sein Büro. Hier nahm Mira vor dem Schreibtisch Platz.

„Was kann ich für Sie tun?", wollte er wissen.

„Noah", kam es direkt über Miras Lippen. „Ich meine, ich bin wegen Noah hier. Ich habe ihn seit Tagen nicht mehr gesehen und ich mache mir allmählich Sorgen."

Mira war, als hätte sich im Gesicht des Vertrauenslehrers für einen kurzen Moment ein Ausdruck von Enttäuschung abgezeichnet – als ob er etwas anderes erwartet hatte, dann jedoch lächelte er.

„Die Direktorin musste seine Eltern über den Vorfall informieren und diese hielten es für notwendig, ihren Sohn für einige Tage nach Hause zu holen. Sie bringen ihn in zwei Tagen, am Sonntag, zurück."

„Hat er denn großen Ärger bekommen?", fragte Mira mit einem flauen Gefühl im Bauch. „Es war doch meine Schuld. Er ist nur mitgekommen, um auf mich aufzupassen."

„Man wird ihm schon nicht den Kopf abreißen. Machen Sie sich mal nicht zu viele Sorgen", versuchte Herr Feller Mira zu beruhigen. „Was habt ihr da draußen eigentlich gemacht?"

Nachdenklich strich Mira über den Saum ihres Ärmels. Sie verspürte den Wunsch, sich jemandem anzuvertrauen, doch etwas hielt sie zurück.

„Ich glaube, ich wollte nur mal raus", sagte Mira schließlich. „Die ersten Tage waren schwer für mich und da habe ich wohl einfach ein wenig Abstand gesucht."

„Und haben Sie gefunden, wonach Sie gesucht haben?" Herr Feller musterte Mira durchdringend.

Etwas an seiner Art missfiel Mira. Sie konnte es nicht genau definieren.

„Ich werde jetzt lieber wieder gehen", sagte Mira mit einem Mal und wunderte sich, dass sie ihre Gedanken direkt laut ausgesprochen hatte.

„Sind Sie sicher, dass Sie nicht noch mehr mit mir besprechen wollen?", Herr Feller stand von seinem Platz auf und kam um den Schreibtisch herum. Seine Mimik war merkwürdig angespannt.

„Nein", Mira stand ebenfalls auf. „Das war alles."

Einen Moment herrschte ein unangenehmes Schweigen zwischen ihnen.

„Gut", durchbrach Herr Feller die Stille, dabei setzte er wieder sein bewährtes Lächeln auf. „Dann wünsche ich Ihnen noch einen schönen Abend."

Wenige Momente später fand sich Mira auf dem Gang wieder. Augenscheinlich weitete sich ihr Wahnsinn aus. Mittlerweile hatte sie nicht mehr nur Halluzinationen, sondern auch eine Paranoia entwickelt. Das Gefühl der Bedrohung durch die Mönche und den Lehrer war sicherlich nicht real, und doch konnte Mira sich ihm nicht entziehen.

Mit großen Schritten entfernte sie sich von der Wohnung des Lehrers. Auf halbem Weg den Lehrerkorridor entlang warf Mira einen Blick hinaus auf das Gelände hinter dem Internat. Der Wagen stand noch immer dort. Von den vier Personen fehlte allerdings jede Spur. So zog es Mira zurück in die Mädchenunterkünfte, um dort im Gemeinschaftsraum die Zeit totzuschlagen, bevor sie zu Bett gehen würde. Sie beschloss, die seltsamen Vorkommnisse des heutigen Tages abzuhaken.

Als sie später am Abend ihr Schlafzimmer betrat, stellte Mira verwundert fest, dass Eleonora noch nicht dort war. In den letzten Tagen hatte es Mira zum Glück immer geschafft, erst nach ihrer Mitbewohnerin schlafen zu gehen, und hatte somit nervige Gespräche vermieden.

Mira holte den Kristall aus ihrem Rucksack und warf sich auf ihr Bett. Einen Moment lang hielt sie ihn ins Licht der Nachttischlampe und betrachtete die schimmernden Facetten. Wie bereits in den letzten Tagen fuhr sie mit den Fingern über die glatte Oberfläche. Was auch immer sie erwartete, das passieren sollte, es geschah nichts. Seufzend ließ Mira den Kristall wieder in der Hosentasche ihrer Jogginghose verschwinden, schaltete das Licht aus und drehte sich zur Seite.

Ein fester Griff um ihre Arme und Beine riss Mira abrupt aus dem Schlaf.

Ehe sie sich orientieren konnte, spürte sie, wie jemand ihr mit Gewalt den Mund zuhielt. Jemand knebelte sie mit einem starken Klebeband!

Mit aller Kraft versuchte Mira, sich zur Wehr zu setzten, doch es hatte keinen Zweck. Im schwachen Schein der Flurbeleuchtung, die durch die offene Zimmertür hereinfiel, erkannte sie mehrere Personen, die über sie gebeugt standen. Miras Herz schlug bis zum Anschlag und das Blut rauschte in ihren Ohren.

Die Angreifer drehten sie zur Seite und zurrten auch Miras Hände mit Klebeband zusammen. Jeder Versuch, sich zu wehren, war sinnlos. Erst als Mira so gut verschnürt war, dass sie ihren Oberköper kaum noch bewegen konnte, ließ man von ihr ab. Waren dies die Mönche, die sie holten? Die Panik ließ Mira beinahe bewusstlos werden.

Jemand packte Mira von hinten und stieß sie vom Bett. Sie stolperte in den Raum. Kräftige Hände umklammerten sie an den Armen und ihr wurde ein Sack über den Kopf gestülpt.

Ein Flüstern war zu vernehmen, dann wurde Mira nach vorn gestoßen. Durch den Stoff erkannte sie die Lichter des Flurs.

Gewaltsam wurde Mira die Treppe hinabgezerrt, dann ging es raus in den Innenhof. Kalte Nachtluft durchdrang ihre Schlafsachen. Noch immer schlug Mira das Herz bis zum Hals.

Bald hatte sie völlig die Orientierung verloren. Barfuß stolperte Mira über den eiskalten Boden. Doch es wurde noch schlimmer: Mit einem Mal drückte jemand Miras Kopf nach unten, dann musste sie ein kurzes Stück geduckt weitergehen. Ab hier schienen sie den befestigten Boden zu verlassen. Mira konnte jeden noch so kleinen Stein oder Stock spüren und ihre Füße schmerzten bei jedem Schritt. Schließlich wurde Mira gewaltvoll auf etwas Hartes, Unförmiges gesetzt. Vielleicht einen Baumstumpf.

Das Rauschen des Windes und das Knacken von Ästen

war zu hören, dann schob sich ein Schatten vor das fahle Licht, das durch den Stoff an Miras Augen drang.

Mit einem kräftigen Ruck riss jemand Mira den Sack vom Kopf. Sie schaute direkt in das Gesicht ihres Entführers. Es war Jakob. Er trug noch immer das Pflaster auf der Nase.

„Ich habe dir doch gesagt, wir sind noch nicht fertig. Und Strafe muss sein!", gehässig lachte er auf und schaute sich dann zu seinen Freunden um.

Mira erkannte im gedämpften Licht die Gesichter von drei der Jungs, die auch dabei gewesen waren, als Jakob Noah schikaniert hatte. Auch Eleonora und Melanie waren anwesend. Die Gruppe hatte Mira tatsächlich mitten in den Wald verschleppt.

„Mhmmmrmppf …!", war alles, was Mira hervorbrachte. Den Rest ihrer Stimme verschluckte das Klebeband.

Eleonora stellte sich neben Jakob und hakte sich bei ihm unter. „Selbst jetzt hat sie noch eine große Klappe."

Mira funkelte sie böse an.

„Was ist bloß los mit dir?", seufzte Eleonora gespielt theatralisch. „Ich glaube, das wird der Direktorin gar nicht gefallen, dass du schon wieder abgehauen bist. Mitten in der Nacht. Einfach das Schulgeländе verlassen – das scheint irgendwie dein Ding zu sein."

Die anderen lachten.

„Und denk nicht, dass dir auch nur einer glauben wird, wenn du ihnen hiervon erzählst." Eleonora ließ den Finger kreisen. „Du hast verloren, meine Liebe. Und am besten verschwindest du so schnell, wie du gekommen bist."

„Hey Jakob, ich glaube, da kommt jemand", einer der Jungen schaute sich nervös um. Mira lauschte. Tatsächlich. Weit entfernt waren Stimmen zu vernehmen.

„Könnten die Mädels von der Fußball-AG sein. Die hatten heute Training in der Stadt. Dachte aber eigentlich, die sind schon längst zurück. Geht schonmal los und checkt die Lage. Ich komme gleich nach", sagte Jakob an seine Verbündeten gerichtet, ehe er sich wieder Mira zu wandte: „Direkt morgen früh packst du deine Sachen und sagst Frau Diekmann, dass du gehen willst, verstanden?"

Trotzig blickte Mira ihm direkt in die Augen.

„Komm, lass uns auch verschwinden." Eleonora packte ihn unruhig am Arm.

„Was solls, wir sind hier eh fertig und ich muss morgen fit für das Rudertraining sein." Jakob hatte sich bereits zum Gehen abgewandt, als er sich noch einmal zu Mira umdrehte und ihr einen kräftigen Schubser verpasste, sodass sie rückwärts zu Bode stürzte.

Wenige Augenblicke später war Mira allein und umgeben von tiefer Dunkelheit. Die Blätter der Bäume rauschten im Wind.

Wütend begann sie, gegen ihre Fesseln zu kämpfen. Ohne Erfolg. Auch der Versuch, aufzustehen, misslang, und Mira kippte zur Seite. Sie spürte ein Stechen in der Brust. Tränen der Wut und Verzweiflung traten in ihre

Augen. Zunehmend fiel es ihr schwerer, durch die Nase zu atmen. Sie wollte schreien, doch das Klebeband ließ es nicht zu.

Auch wenn ihr Kampfesgeist nicht gebrochen war, so brauchte sie einen Moment, das Erlebte zu verarbeiten. Für eine Weile starrte sie in den dunklen Nachthimmel, als sie plötzlich ein lautes Knacken im Unterholz vernahm.

Erschrocken starrte sie in die Dunkelheit. Zwischen den Bäumen bewegte sich etwas. Mira erkannte ein schwaches Licht.

„Mira?", ein Flüstern erklang. „Bist du hier?"

„Hmhmmm!", versuchte sie auf sich aufmerksam zu machen.

Die Lichtquelle drehte sich in Miras Richtung und blendete sie. Sie kniff die Augen zusammen. Rasche Schritte näherten sich und plötzlich stand Vanessa direkt über ihr.

„Du liebe Zeit …", erschrocken hielt Vanessa sich die Hand vor den Mund. „Was haben diese Idioten dir angetan?"

Sofort begann Vanessa, das Klebeband vorsichtig aber zügig von Miras Mund zu lösen. Das Gefühl tausender kleiner Nadeln stach auf Miras Haut und sie musste kurz die Lippen zusammenpressen.

„Es tut mir so leid …", sagte Vanessa, während sie auch Miras Armfesseln löste.

Als Vanessa fertig war, richtete sich Mira auf und rieb sich über die schmerzenden Stellen. Ein Kribbeln zog durch ihre Glieder.

„Du hast ja nicht mal Schuhe an", bemerkte Vanessa und schulterte ihren Rucksack ab. Sie öffnete die Tasche und ein Paar Sportschuhe kam zum Vorschein. „Ich komme direkt von der Fußball-AG", fügte sie erklärend hinzu. „Ist mein Zweitpaar vom Aufwärmen – ohne Stollen. Ich hoffe, sie passen dir. Du hast echt Glück. Wir hatten heute in der Stadt Training, und Salma hat ewig unter der Dusche gebraucht."

Dankend nahm Mira die Schuhe entgegen und zog sie über ihre schmerzenden Füße.

„Woher wusstest du, wo ich bin?" Mira schaute zu Vanessa.

„Eleonora hat heute Vormittag schon seltsame Andeutungen gemacht, und als ich eben zurück ins Internat kam, habe ich zwei von Jakobs Jungs aus der Richtung der Bibliothek weglaufen sehen. Eigentlich hätte ich es wissen müssen. Es ist schließlich nicht das erste Mal, dass sie so etwas abziehen ..." Vanessa schaute verlegen zu Boden. Dann änderte sich ihr Blick schlagartig. „Was ist denn das?" Sie leuchtete mit ihrem Handy zum Waldboden. Ein kalter Schauer rann Mira über den Rücken, als ihr gewahr wurde, was dort lag.

Der Kristall. Er musste ihr aus der Tasche gefallen sein.

„Nichts!", sagte Mira hastig. „Nur ein Glücksbringer."

„Sieht schön aus", merkte Vanessa an, während sie ihn aufhob. „Hier, bitte."

Mira griff nach dem Kristall.

Und als ihre Finger ihn berührten, erfasste sie mit einem Mal ein kräftiger Windstoß und grelles Licht flammte auf. Benommen wankte sie nach hinten.

Gejagt

Miras Augen schmerzten und sie musste blinzeln. Schützend hob sie ihre Hand vor ihr Gesicht und lugte durch die Finger. Es dauerte einen Moment, bis ihr gewahr wurde, dass das helle Licht von der Sonne stammte. Von einer Sekunde zur anderen musste es Tag geworden sein.

„Was …. was ist passiert?" Vanessas aufgeregte Stimme erklang. „Wo sind wir?"

Mira, deren Augen sich allmählich an das Tageslicht gewöhnten, schaute sich um.

Die beiden Mädchen standen inmitten einer riesigen Wiese. Soweit Mira blicken konnte, waren sie umgeben von hüfthohem Gras, das sich sanft im lauen Wind wiegte. In der Ferne erkannte Mira einige Bäume. Es musste Frühling sein. Die Luft war erfüllt vom Duft frischen Grüns und blühender Blumen.

„Ich verstehe das nicht." Wieder war Vanessas Stimme zu vernehmen. „Was ist das …? Wir waren … der Wald … ich …" Verzweifelt fuhr sie sich durch ihr braunes Haar.

Mira, die selbst noch versuchte, zu begreifen, wohin es sie verschlagen hatte, wandte sich ihr zu.

„Alles wird gut. Wir sollten probieren, die Nerven zu behalten", sagte sie, weil ihr nichts Besseres einfiel.

„Was heißt ‚die Nerven zu behalten'? Gerade noch waren wir nachts im Wald! Und jetzt sind wir auf einer Wiese – mitten am Tag! Wie zum Teufel kommen wir hier hin?" Vanessas Augen waren noch immer weit aufgerissen.

„Ich weiß, das alles ist sehr verwirrend. Ich verstehe es auch noch nicht. Aber ich habe das schon mal erlebt", versuchte es Mira weiter.

Vanessa starrte Mira an. Es war dem brünetten Mädchen anzusehen, dass sie die Worte hörte, aber nicht begriff.

„Es ist der Kristall", erklärte Mira und hielt Vanessa den funkelnden Stein unter die Nase. „Ich glaube, er hat irgendwas damit zu tun. Genau weiß ich es auch nicht."

„Du willst mich wohl …" Vanessa hob die Hände und erstarrte dann mitten in der Bewegung.

„Alles in Ordnung?", wollte Mira wissen.

„Siehst du das auch?", fragte Vanessa und deutete dann ein Stück die Wiese hinab. „Da bewegt sich was!"

Miras Blick folgte Vanessas Zeigefinger. Mira blinzelte, dann erkannte sie es auch. Die Grashalme dort tanzten unnatürlich wild, ganz so, als ob sie von etwas berührt und auf die Seite gedrückt wurden. Und das Beunruhigende daran war, was auch immer dort verborgen durch das hohe Gras schlich, es kam auf sie beide zu.

„Ich würde vorschlagen, wir verschwinden erstmal von hier", sagte Mira unruhig und deutete in Richtung der Bäume. „Raus aus dem Gras."

Ohne ein weiteres Wort nahmen die Mädchen die Beine in die Hand. Aus dem Laufen heraus warf Mira einen Blick über die Schulter. Ihr Verfolger schien bemerkt zu haben, dass sie vor ihm wegrannten, und war ebenfalls schneller geworden. Die Büschel wurden regelrecht zu Boden gerissen und der Abstand zu den Mädchen war geschrumpft. Immer wieder musste Mira nach vorne schauen, um nicht ins Stolpern zu geraten und die Richtung nicht zu verlieren. Doch jeder Blick zurück verriet, dass das, was dort hinter ihnen her war, schneller war und sie bald einholen würde. Erneut riss Mira den Kopf herum. Das, was sie für einen kurzen Moment hatte sehen können, jagte ihr Todesangst ein. Inmitten des hohen Grases hatte sie den Kopf des Wesens erhaschen können. Es war nur eine Momentaufnahme, doch diese hatte sich in ihr Gedächtnis gebrannt. Der Kopf, groß wie ein Medizinball, fellbesetzte spitze Ohren und das Gesicht einer Raubkatze. Dazu ein weit aufgerissenes Maul, dessen Kiefer mit großen Reißzähnen ausgestattet war.

„Renn … schneller!", schnaufte Mira. Sie spürte, wie ihre Lungen brannten. Ihre Kraft ließ nach.

Es blieben nur noch wenige Meter bis zu den Bäumen. Mira und Vanessa rannten schneller, als sie es jemals zuvor in ihrem Leben getan hatten.

„Rauf da!", schrie Mira zu Vanessa, als sie den ersten Baum erreichten. Hastig schaute Mira zurück. Sie konnte den Rücken ihres Jägers erkennen. Nur noch wenige Augenblicke, und er hatte sie erreicht.

Vanessa sprang an einen Ast und kletterte mit den Füßen am Baumstamm hoch. Oben angekommen, hielt sie Mira eine Hand entgegen, die diese sofort ergriff. Keine Sekunde zu früh. Das Gras wurde zur Seite gerissen und die Bestie sprang heraus. Um Haaresbreite verfehlte sie Miras Bein. Hastig kletterten Mira und Vanessa weiter nach oben.

Die Raubkatze umkreiste den Baum und ließ ihre Beute nicht aus den Augen. Mira hoffte inständig, dass das Biest nicht klettern konnte. Zum Glück machte es zumindest in diesem Moment nicht den Anschein.

„Scheiße … verdammt …", Vanessa rang nach Luft. „Was ist das … für ein Vieh?"

Mira war übel und Lichtpunkte tanzten vor ihren Augen. Sie schloss die Lider und begann, langsam ein- und auszuatmen, um sich zu beruhigen. Das Ganze erinnerte sie an eine Situation, die bereits mehr als zwei Jahre zurück lag. Damals war sie das erste Mal von zu Hause ausgerissen. Mit Freunden hatte sie ein illegales Konzert besucht, bis die Polizei es aufgelöst hatte. Die anschließende Verfolgungsjagd, quer durch die Straßen, hatte sich ein wenig wie ein Lauf auf Leben und Tod angefühlt, doch erst jetzt wurde ihr bewusst, dass es bei weitem nicht an das hier herankam.

„Sieht aus wie eine Art Tiger", stellte Vanessa mit zittriger Stimme fest.

Mira hatte sich wieder gefangen und schaute die Raubkatze an. „Nein, das ist irgendwas anderes."

Vanessa starrte auf das Tier, dessen eigenartig gemustertes Fell im Sonnenlicht gelblich schimmerte.

„Es ist nichts aus unserer Welt", stellte Mira fest. „Wo auch immer wir hier sind, aber so ein Ding habe ich noch nie gesehen."

Das Tier machte einige Schritte zurück, fletschte die Zähne und brüllte ohrenbetäubend. Dann ging es in die Hocke und setzte zum Sprung an. Dabei riss es das Maul auf, um nach den beiden zu schnappen. Seine Kiefer waren mit je zwei Reihen spitzer Zähne ausgestattet.

Kreischend wich Vanessa zurück, den Rücken fest an den Baumstamm gedrückt. Es knackte, ein kleinerer Zweig brach ab und fiel zu Boden. Dabei löste sich eine Art Zapfen von dem Ast. Ein braun-grüner Nebel entstand an der Stelle, wo er aufgekommen war, und die Raubkatze machte einen Satz zur Seite. Knurrend wich sie davor zurück. Der Nebel verflüchtigte sich und das Tier hob erneut den Kopf in Richtung der Mädchen.

Mira blickt sich rasch um. An den Ästen hingen noch weitere Zapfen.

„Los, schnapp dir so einen", rief sie Vanessa zu, während sie vorsichtig ein Stück weiter nach oben balancierte, um an die holzigen Früchte heranzukommen.

„Hier, friss das!", schrie Mira der Raubkatze entgegen und warf einen weiteren Zapfen zu Boden. Doch diesmal wich das Tier früh genug zurück.

„Warte", hielt Mira Vanessa zurück, als sie sah, dass diese ebenfalls einen Zapfen in der Hand hatte. „Gib mal her."

Vanessa hob fragend die Brauen, überließ ihn Mira aber dann.

„Ich habe eine Idee. Lass es erst mal kommen." Mira kletterte einen Ast nach unten und ließ dann eines ihrer Beine hinabbaumeln.

Das Biest lief noch einige Mal auf und ab, ohne seine Beute aus den Augen zu lassen, ehe es sich für einen weiteren Angriff entschied. Es setzte zum Sprung an. Der Moment, auf den Mira gewartet hatte! Gerade im rechten Augenblick zog sie ihr Bein hoch und warf den Zapfen in das geöffnete Maul der Bestie. Es biss zu! Mit lautem Knacken zermahlten die Kieferknochen das Wurfgeschoss, woraufhin der grün-braune Nebel aus dem Mund und den Nasenlöchern des Tiers herausquoll. Die Raubkatze landete auf ihren Pfoten und begann wild den Kopf zu schütteln. Röchelnd versuchte sie, die Reste des Zapfens herauszuwürgen. Doch dann knickten die Hinterbeine des Tiers ein und es warf sich zur Seite. Es jaulte laut auf, dann krampften seine Beine und es sackte in sich zusammen.

Erschrocken starrte Mira auf den nun leblosen Körper.

„Ich glaube, du hast es getötet ...", stammelte Vanessa, während sie ein Stück zu Mira herunterrutschte.

„Nein, es lebt noch. Sieh doch, sein Brustkorb", stellte Mira fest, während sie die ruhige Atmung des seltsamen Wesens beobachtete. Auch wenn es versucht hatte, sie beide zu fressen, so war Mira dennoch froh, es nicht getötet zu haben.

Als beide Mädchen sicher waren, dass von dem Tier keine Gefahr mehr ausging, kletterte Vanessa vorsichtig den Baum hinab.

Mira indes blieb auf ihrem Ast sitzen. Sie atmete einige Mal langsam ein und wieder aus und spürte, wie die Anspannung allmählich von ihr abfiel. Dann hob sie den Kopf und spähte zur Baumkrone hinauf, „Ich sehe mich noch kurz um."

Es ging noch gut fünf Meter weiter hinauf. Vorsichtig griff Mira immer nach dem nächsten Ast und zog sich dann daran hoch. Auch wenn Mira keine Höhenangst hatte, so jagte die Entfernung zum Boden ihr einen gehörigen Respekt ein und sie spürte ihr Herz fest schlagen. Schließlich hatte Mira einen breiten Ast erreicht, den sie als Aussichtspunkt nutzen konnte. Der Blick von hier oben war beeindruckend, und Mira spürte, wie sich die feinen Härchen auf ihrem Arm aufstellten und ihr ein wohliger Schauer den Rücken hinunterlief. In der Richtung, aus der sie gekommen waren, erstrecke sich eine weite Graslandschaft, die sich bis zu einer Hügelkuppe zog. Vereinzelte Bäume wiegten sich im Wind und das Licht der hochstehenden Sonne glitzerte im Wasser eines kleinen Flüsschens. Mit einer

Hand am Stamm wechselte Mira ihre Position auf dem Ast. Auch in die andere Richtung eröffnete sich ihr ein idyllisches Bild unberührter Natur. Bäume mit üppigen Kronen verdichteten sich zu einem kleinen Wald. Erst jetzt fiel Mira die sonderbare Form der Bäume auf. Ihre Stämme waren in sich verdreht, als hätte sie jemand an Wurzel und Krone gepackt und mehrere Male um sich selbst geflochten. Auch das Blätterwerk schimmerte im Wind immer wieder in einem violetten Ton. Während Mira die Bäume beobachtete, entdecke sie etwas. Sie hielt schützend ihre Hand über die Augen, um nicht von der Sonne geblendet zu werden. Zwischen den Bäumen hatte sie etwas ausgemacht, das nicht in das Farbbild der sonstigen Umgebung passte. Das Blattwerk war jedoch zu dicht und die Entfernung zu groß, und so beschloss sie, es sich aus der Nähe anzusehen.

Unten angekommen fiel Miras Blick auf die noch immer schlafende Raubkatze. Das Fell des Tiers durchzog eine interessante Maserung. Dunkle Streifen liefen vom buschigen Schwanz bis zum Kopf. Dazwischen waren vereinzelte dunkle Punkte in dem ansonsten hellbraunen Fell zu sehen. Um die Augen bis über die Wangen war es weiß gefärbt.

„Und jetzt?", wollte Vanessa wissen, als Mira zu ihr hinübertrat.

Mira schaute immer noch auf das bewusstlose Tier. „Lass uns erstmal von hier verschwinden."

Während sie sich in Bewegung setzten, ergriff Vanessa erneut das Wort: „Wir haben immer noch keine Ahnung, wo wir eigentlich sind." Sie deutete auf Miras Hosentasche. „Was ist nun mit diesem Kristall? Du hast gesagt, er hätte uns hierhergebracht?"

Mira hätte Vanessa gern eine zufriedenstellende Antwort gegeben. „Ich weiß es nicht mit Sicherheit", teilte sie stattdessen mit. „Aber seitdem ich den Kristall gefunden habe, passieren merkwürdige Dinge. Es ist schon einmal geschehen, dass er mich an einen anderen Ort gebracht hat."

„Und wie bist du zurückgekommen?" Vanessa packte Mira an beiden Armen und starrte sie durchdringend an.

„Ich weiß es nicht. Ich bin einfach irgendwie – erwacht. Bis gerade war ich nicht einmal sicher, ob das alles nur ein Traum ist." Mira überlegte. „Ich meine, eigentlich weiß ich das auch immer noch nicht. Vielleicht ist das hier alles auch nicht real. Vielleicht bist du nicht real – vielleicht bilde ich mir das alles nur ein."

Vanessa seufzte. „Also, ich bin definitiv real. Das Ganze hier fühlt sich auch überhaupt nicht nach einem Traum an." Vanessa vergrub ihr Gesicht in ihren Händen. „Ich verstehe das alles nicht."

„Ich auch nicht." Mira war erschöpft.

„Und wohin gehen wir jetzt?", fragte Vanessa verzweifelt.

„Als ich auf dem Baum war, habe ich etwas gesehen. Irgendwie passte es nicht in die Landschaft. Vielleicht finden wir dort jemanden, der uns helfen kann. Einen Versuch ist es wert. Besser, als hier draußen übernachten zu müssen", schlug Mira vor.

„Übernachten?" Vanessa hatte ihre Grenze des Erträglichen erreicht und war kurz davor, in Tränen auszubrechen.

Mira war ebenfalls ausgelaugt, doch versuchte sie, Vanessa abzulenken und ihr und sich eine Perspektive zu geben. „Lass uns aufbrechen. Noch scheint die Sonne und es dürfte ein ordentlicher Marsch bis zu der Stelle werden."

Ein vergessener Ort

Die Sonne hatte bereits ein gutes Stück ihres täglichen Weges über das Firmament hinter sich gebracht. Sie stand tief am Horizont, als Mira und Vanessa die kleine Kuppe erreicht hatten, von der aus sie hofften, endlich einen Blick auf das, was Mira vom Baum aus erspäht hatte, erhaschen zu können.

Der Weg war beschwerlicher gewesen, als Mira es ursprünglich gedacht hatte. Immer wieder hatten umgestürzte Bäume und tiefe Abhänge den Mädchen das Weiterkommen erschwert.

Mira spürte jede Faser ihres Körpers und sehnte sich danach, endlich rasten zu können. Doch der Wille, eine Möglichkeit zu finden, wieder nach Hause zu gelangen, trieb sie weiter voran. Vanessa war seit ihrem Abstieg vom Baum sehr still geblieben und hatte Mira die Führung der Expedition ins Ungewisse überlassen.

Der Anstieg auf den flachen Hügel hätte unter normalen Umständen keine größere Herausforderung dargestellt, doch nach den anstrengenden letzten Stunden musste

Mira gegen stetig stärker werdenden lähmenden Schmerz in ihren Waden ankämpfen.

Voller Hoffnung ließ sie schließlich ihren Blick über die Landschaft streifen, als sie es völlig erschöpft nach oben geschafft hatte. Mira stöhnte laut vor Enttäuschung.

„Nichts!" Müde sank sie auf die Knie. „Nur Bäume, wohin man sieht."

Vanessa setzte sich neben sie. „Was machen wir denn jetzt?" Auch ihr war anzumerken, dass sie am Ende ihrer Kräfte war.

Mira zuckte matt mit den Schultern.

„Und wenn wir nochmal versuchen, den Kristall zu nutzen?", fragte Vanessa. In ihren Augen lag ein Hoffnungsschimmer. „Wenn er uns hierhergebracht hat, warum kann er uns dann nicht auch zurückbringen?"

Sorgsam holte Mira den gläsernen Gegenstand aus ihrer Tasche und hielt ihn so, dass Vanessa ihn begutachten konnte.

„Darf ich ihn mal haben?", fragte diese zögernd.

Mira stutzte kurz, doch Vanessa hatte sich bisher als vertrauenswürdig erwiesen, und so nickte Mira und übergab ihn ihr.

Vanessa schloss die Augen. Ihre Stirn legte sich in Falten, als ob sie versuchte, sich intensiv auf etwas zu konzentrieren. Doch eine Reaktion blieb aus.

„Das ist sinnlos", resigniert öffnete Vanessa ihre Augen wieder. „Wir kommen hier niemals weg." Frustriert warf sie Mira den Kristall zu. Mit der anderen Hand schlug sie wütend auf den Boden. Verwundert hielt Vanessa plötzlich inne und blickte neben sich ins Gras. „Hilf mir mal", sagte sie an Mira gewandt, während sie begann, das Gras auszureißen und die Erde zur Seite zu schieben.

Verdutzt ließ Mira den Kristall zurück in die Hosentasche ihrer Baumwoll-Jogginghose rutschen und eilte Vanessa zur Hilfe. Zwischen Erde und Laub zeichnete sich eine graue Steinplatte ab. Und kaum hatten sie diese freigelegt, schloss sich bereits eine weitere daran an.

„Was hat das zu bedeuten?", fragte Vanessa aufgeregt.

Während sie weitergrub, stand Mira auf und inspizierte noch einmal die Umgebung.

„Es ist ein Weg." Mira deutete den Hügel hinunter. „Schau genau hin. Das Gras, das auf den Platten wächst, ist heller. Komm, lass uns herausfinden, wohin der Weg führt." Mira wusste selbst nicht, woher die plötzlichen Kraftreserven stammten, die sie in diesem Augenblick mobilisierte. Doch egal, ob es die kurze Pause oder die neuerliche Hoffnung war – das Gefühl beflügelte sie.

Mira half Vanessa hoch, dann eilten die Mädchen schnellen Schrittes die Hügelkuppe hinunter. Aus der Nähe war die Verfärbung im Gras kaum zu erkennen. So mussten sie einige Mal anhalten, um sich neu zu orientieren. Sie folgten dem Weg ein gutes Stück durch die offene Graslandschaft, bis sich das Terrain änderte und der Pfad die beiden mitten hinein in ein großes Waldstück führte. Hier war der Boden weniger bewachsen und Teile der Platten ragten unter dem Laub hervor. Sie waren an vielen Stellen gebrochen, sodass es leichter war, neben dem Weg auf dem feuchten Waldboden zu laufen. Obwohl die tiefstehende Sonne noch genug Licht in das offene Waldstück warf, hatte das Zwielicht etwas Beunruhigendes. Mira wollte sich gar nicht ausmalen, wie es wohl wäre, wenn die Nacht hereinbrechen würde, ohne dass sie und Vanessa einen sicheren Unterschlupf gefunden hatten.

„Sieh nur", riss Vanessa Mira plötzlich aus ihren Gedanken.

Aus dem Dickicht heraus ragten zu beiden Seiten des Weges steinerne Quader in die Höhe. Wie auch die Steinplatten am Boden, waren sie in keinem guten Zustand. Ranken überwucherten die von tiefen Rissen durchzogenen Oberflächen. Zwischen den Bäumen entdeckte Mira noch weitere steinerne Objekte und eilte darauf zu.

An dieser Stelle öffnete sich der Wald zu einer gewaltigen Lichtung. Mira war von Erstaunen erfüllt. Inmitten des Waldes tat sich eine imposante Kulisse vor ihren Augen auf. Die Ruinen einer scheinbar längst vergessenen Epoche erhoben sich imposant aus der wild gewachsenen Natur. Das hohe Mauerwerk der einstigen Gebäude war an vielen Stellen eingestürzt und nur noch schwer zu erkennen. Rundbögen ließen erahnen, wo sich einmal die Eingänge befunden hatten. Und doch erzählten die zerfallenen, mit Moosflechten bewachsenen Monumente noch von der einstigen Anmut dieser Stätte.

So beeindruckend dieser Ort auch war, so schnell wurde Mira bewusst, dass wer auch immer hier gelebt hatte, schon lange fort war. Hilfe würden sie und Vanessa hier keine erwarten können.

„Alles umsonst", schrie Vanessa verzweifelt, die wohl den gleichen Gedanken gehabt hatte. „Wir sind im Nirgendwo." Tränen traten in ihre Augen.

„Vielleicht sollten wir uns etwas ausruhen?" Mira versuchte, stark zu bleiben. Doch es fiel ihr zunehmend schwerer. Sie schaute sich um. Nicht weit von ihnen ragte ein moosbewachsener großer Felsen zwischen den Ruinen hervor.

„Komm mit." Mira bedeutete Vanessa, ihr zu folgen. „Hier oben ist es vielleicht nicht sehr bequem, aber es ist trocken und wir sind vor den Tieren im Wald geschützt … hoffe ich." Nachdem Mira den ersten Vorsprung erklommen hatte, reichte sie Vanessa die Hand, um ihr auf den Felsen zu helfen.

Doch gerade als Vanessa den ersten Fuß hinaufsetzte, verspürten die Mädchen ein Beben. Der ganze Boden um den Felsen herum begann zu vibrieren und Vanessa stolperte direkt in Miras Arme. Beide fielen rücklinks zu Boden.

„Was ist das?", schrie Vanessa mit weit aufgerissenen Augen.

Auch Mira starrte erschrocken auf den Felsen, dessen Masse sich immer weiter vor ihnen aus der Erde erhob. An mehreren Stellen riss der Untergrund auf und zwei gewaltige steinerne Arme hoben sich empor. Jede der riesigen Hände hatte mindestens die Größe des Oberkörpers eines erwachsenen Mannes.

Vanessa flüchtete ins nahegelegene Unterholz. Regungslos vor Angst starrte Mira zu dem Felswesen. Der Steinriese hatte sich zu ihr herumgedreht und schaute sie ebenfalls direkt an.

Ein lautes Stöhnen erklang, als der Felsriese seinen Mund öffnete. Kleine Steinchen bröckelten zu Boden. Es schien, als würden Teile seines Gesichts abplatzen, doch dann realisierte Mira, dass die Brocken, die hinabfielen, wie eine Maske darüber gelegen hatten. Auch vom restlichen Körper lösten sich immer mehr Steinplatten und krachten auf den Boden. Schützend hielt Mira ihre Arme vor sich.

„Was …", erklang auf einmal eine tiefe, durchdringende Stimme. „Was … ist … geschehen?"

Langsam senkte Mira ihre Arme wieder und starrte den Riesen an. Sie konnte es sich selbst nicht erklären, aber etwas in ihr spürte, dass von ihm keine Gefahr ausging.

Das Gesicht des Riesen war menschlich und bis auf wenige Reste war die steinerne Hülle vollständig von ihm abgefallen. Er rieb sich mit einer Hand über seine Augen, dabei lösten sich kleine Kiesel und Staub, die noch in den Hautfalten geklebt hatten. Ein erneutes Stöhnen erklang.

Vorsichtig machte Mira einen Schritt rückwärts. Denn auch wenn das Wesen vor ihr keine Anstalten machte, sie anzugreifen, schien ihr ein gewisser Abstand sicherer.

„Du …", der Riese senkte seine Hand und schaute Mira durchdringend an. Dann fuhr er fort, redete aber sehr langsam, als fiele ihm das Sprechen schwer. „Du hast mich erwachen lassen?"

Mira schluckte. „Ich?"

„Warum hast du mich zurückgerufen?", wollte der Riese wissen.

„Habe ich das?" Mira festigte ihre Stimme. „Es tut mir leid, es war keine Absicht. Schlaft ruhig weiter …"

„Mein Kopf …", der Riese stöhnte erneut auf. „Er schmerzt … die Erinnerungen. Ich habe so vieles vergessen."

Zwischen den Büschen erkannte Mira Vanessa, die verängstigt aus dem Blätterwerk schaute. Trotz der angespannten Situation verspürte Mira Erleichterung, zu wissen, dass Vanessa in der Nähe geblieben war und sie nicht allein zurückgelassen hatte.

Vanessa winkte Mira aufgeregt zu sich, deren Blicke zwischen ihrer Begleiterin und dem Riesen wechselten. Vorsichtig versuchte Mira, sich abzuwenden.

Der Riese hob den Kopf. Er hatte augenscheinlich verstanden, was Mira vorhatte. „Wo willst du hin, kleines Mädchen?"

„Nichts für ungut." Mira sprang auf die Beine und rannte in Richtung Gebüsch zu Vanessa.

„Warte. Lauf nicht davon." Die Erde bebte erneut, als der Riese versuchte aufzustehen. „Du brauchst keine Angst vor mir zu haben."

„Komm schon. Lass uns verschwinden", rief Vanessa Mira aufgeregt zu. Doch Mira hielt auf halbem Wege inne. Dann trat sie wieder an den Riesen heran. Sie hatte eine Idee. Vielleicht wusste der Riese eine Möglichkeit, von hier zu entkommen.

„Weißt du, was das hier ist?" Mira hielt den Kristall in die Höhe und näherte sich wieder dem Riesen, der seine Versuche, aufstehen zu wollen, wieder eingestellt hatte.

„Bist du verrückt geworden?" Vanessa gestikulierte weiter aufgeregt.

„Er kann sich doch nicht einmal richtig bewegen", zischte Mira ihr zu.

Der Riese verengte die Augen und musterte den Kristall in Miras Hand. Es war ihm anzusehen, wie anstrengend es für ihn sein musste, sich zu erinnern.

„Es tut mir leid", er senkte den Kopf. „Ich weiß es nicht."

„Dann sag mir, wo sind wir hier? Was ist das für ein Land?" Miras Angst war einer gewissen Neugierde gewichen.

„Dieser Ort. Er war heilig, ich war sein Hüter. Ich erinnere mich an einen Krieg. Schattenhafte Gestalten. Doch auch das liegt alles so weit in der Vergangenheit", überlegte der Riese gedankenversunken und fügte niedergeschlagen hinzu: „Ich kann mich nicht einmal mehr an meinen Namen erinnern."

„Wir stammen nicht von hier. Und wir müssen zurück." Versuchte es Mira anders. „Ich habe Wesen getroffen. Sie hatten Hörner. Sie haben mir geholfen, zurück in meine Welt zu gelangen."

Langsam trat Vanessa aus dem Gebüsch heraus und machte ein paar Schritte auf Mira und den Riesen zu.

„Ich kann es spüren", raunte der Riese und schloss die Augen. Dabei sog er die Luft ein, wie jemand, der seit langer Zeit das erste Mal wieder das wärmende Licht der Sonne auf der Haut verspürte. „Du und dieser Gegenstand, euch verbindet eine große Macht."

„Kannst du uns zurückbringen? Oder weißt du einen Weg?" Mira wollte nicht aufgeben.

Der Riese senkte trüb den Blick. „Ich fürchte, kleiner Menschling, ich kann euch nicht helfen. Ich habe zu lange geschlafen. Zu vieles vergessen. Ich brauche Zeit. Zeit mich zu erinnern."

Enttäuscht ließ Mira die Schultern sinken.

„Warte", sagte der Riese plötzlich. „Ein Name … da ist ein Name." Er überlegte. Dann, wie vom Blitz getroffen, riss er die Augen auf: „Morquai!"

„Wer ist Morquai?", Mira zog die Stirn kraus. „Bist du das?"

Er schüttelte den Kopf. „Nein, sie ist …", er stockte. „Sie ist … wichtig. Etwas verbindet uns. Ich weiß es, nein … ich wusste es." Er wirkte traurig.

„Wo finden wir diese Morquai?", ergriff nun Vanessa das Wort, die sich inzwischen neben Mira gestellt hatte und der die Aussicht auf eine Möglichkeit, nach Hause zu kommen, Zuversicht gab.

Der Riese schaute Vanessa verwundert an. Es schien, als hätte er erst jetzt bemerkt, dass neben Mira noch eine zweite Person vor ihm stand. Sehr langsam schloss der Riese die Augen und rieb sich mit der Hand über die Stirn.

„Der Sumpf. Ich erinnere mich an einen Sumpf." Er drehte sich herum und deutete mitten in den Wald. „Dieser Weg, er führt euch zu ihr. Ich bin mir sicher."

Aufmerksam schaute Mira in das Geäst. Tatsächlich verlief dort ein weiterer Weg aus der Lichtung heraus.

„Wirst du uns begleiten?", fragte Mira, dabei schaute sie auf die noch immer im Boden verankerten Beine des Riesen.

„Ich bin erwacht, doch meine Zeit ist noch nicht gekommen. Ich brauche Ruhe, um mich zu regenerieren", antwortete er, während er sich auf seine Hände stützte. „Ich bin sicher, dass wir uns wiedersehen werden, kleiner Menschling. Ich spüre, dass du und dieser Stein mit meinem Schicksal verflochten seid."

Mira hob eine Braue. „Ich muss wissen, was das alles zu bedeuten hat. Wenn wir diese Morquai finden, werde ich ihr von dir berichten. Vielleicht kann sie auch dir helfen, damit du dich wieder erinnern kannst."

Der Riese lächelte versonnen.

„Bevor du gehst ... ich erinnere mich wieder: Man nannte mich Grongor."

Mira lächelte ebenfalls.

„Ich freue mich, dich kennenzulernen, Grongor. Ich

bin Mira", sie drehte sich zu ihrer Mitreisenden um, „und das ist Vanessa."

Lichter in der Nacht

„Bist du dir sicher, dass das eine gute Idee ist?", wollte Vanessa wissen, als sie sich von dem großen Wesen verabschiedet hatten und zurück in den Wald gingen. Die Wolken am Abendhimmel waren inzwischen in ein sattes Orange getaucht, doch es war noch hell genug, dem Pfad im Wald problemlos zu folgen.

„Hast du einen besseren Vorschlag?" Mira schaute sie fragend an.

„Keine Ahnung. Nein." Vanessa schüttelte den Kopf und seufzte. „Das ist alles so verrückt. Erst dieses Tigervieh, jetzt der Steinriese. Was erwartet uns als Nächstes? Wer mag diese Morquai sein?"

„Wir werden es hoffentlich herausfinden. Immerhin ist sie bisher der einzige Anhaltspunkt, den wir haben, um zu erfahren, wie wir zurückkehren können." Mira stand der Sinn nicht nach Diskussionen.

„Wahrscheinlich hast du Recht. Falls sie überhaupt existiert. Ich will endlich wieder nach Hause …", antwortete Vanessa niedergeschlagen.

Mira wunderte sich in diesem Moment ein wenig über sich selbst. Denn obwohl sie dabei war, einen Weg raus aus dieser wunderlichen Welt zu suchen, musste sie sich, wenn sie ehrlich war, eingestehen: Sie fand ein gewisses Maß an Gefallen an der Situation. Wie erstrebenswert war es eigentlich, zurückzukehren? Gut, die Aussicht auf eine bald anbrechende Nacht, ein fehlendes Bett und der allmählich einsetzende Hunger waren nicht das, was Mira als Erfüllung ihrer Träume ansah. Und das alles bereitete ihr zunehmend Sorgen. Doch das Abenteuer, die Spannung und das Ungewisse, waren etwas, das ihr sehr wohl gefiel.

Mira musterte Vanessa, die mit hängendem Kopf neben ihr hertrottete. Diese schien weit weniger begeistert von der Idee eines Abenteuers zu sein. Ihr ging es nur um die Rückkehr nach Hause. Mira konnte sich im Augenblick nicht vorstellen, was diese Erlebnisse für Vanessa bedeuten würden. Und waren Mira und Vanessa jetzt so etwas wie Freundinnen? Immerhin gehörte Vanessa auch zu Eleonoras Clique, und damit zu dem Mädchen, das gemeinsam mit Jakob an dieser Misere Schuld hatte. Wenn diese Idioten nicht ihren Rachefeldzug gegen Mira gestartet hätten, wer weiß, ob die Dinge nicht ganz anders verlaufen wären.

Plötzlich war ein Schluchzen von Vanessa zu vernehmen. Eine Träne rann ihr über die Wange.

Mira fasste sich ein Herz und sprach sie an. „Alles okay mit dir?"

„Weiß nicht. Eher nicht", schniefte sie.

„Sollen wir uns einen Moment setzen?"

„Nein, wir müssen doch weiter ...", Vanessa winkte ab.

„Schon gut."

„Es tut mir leid, dass du hier mit hineingeraten bist", sagte Mira. Sie sah, dass es Vanessa schlecht ging, fühlte sich jedoch auch unbeholfen dabei, sie zu trösten.

Nachdem die Mädchen noch ein Stück gelaufen waren und Vanessa sich wieder etwas gefangen hatte, versuchte Mira das, was ihr durch den Kopf ging, in Worte zu fassen.

„Ich bin nicht sehr gut in sowas, weißt du, Trost zu spenden, wenn ich spüre, dass es anderen Menschen nicht gut geht", Mira seufzte. „Wenn ich ehrlich bin, meist schere ich mich überhaupt nicht um andere Leute. Am Ende wird man doch nur enttäuscht."

„Das ist eine traurige Einstellung", sagte Vanessa und sah Mira an.

„Wundert es dich?" Mira zuckte mit den Schultern und fügte trotzig hinzu: „Noah, der mich alleingelassen hat. Meine Mitbewohnerin, deine Freundin, die mich nachts entführt und im Wald ausgesetzt hat ..."

„Sie ist nicht meine Freundin", lenkte Vanessa sofort ein. „Eigentlich kann ich sie überhaupt nicht leiden. Weiß nicht, warum ich solange an ihrer Seite geblieben bin und alles mitgemacht habe. Wahrscheinlich war es einfach bequem."

„Naja, manchmal machen wir Dinge, um uns selbst zu schützen", sagte Mira nachdenklich. „Solange sie glaubt, dass du auf ihrer Seite bist, bekommst du ihren Hass nicht ab."

Vanessa nickte.

„Für mich ist sowas nie was gewesen", sprach Mira weiter. „Ich habe einfach keine Lust, mich zu verbiegen."

„Du hast vollkommen recht", pflichtete Vanessa ihr bei und fasste einen Entschluss: „Sollten wir jemals zurückkehren, werde ich Eleonora meine Meinung geigen. Ich hoffe nur, sie reißt mich danach nicht in Fetzen."

„Dann hast du ja immer noch mich. Außerdem habe ich nach der Aktion im Wald selbst noch ein ziemlich großes Hühnchen mit ihr zu rupfen."

Vanessa musste lachen. Sie wischte sich mit ihrem Ärmel übers Gesicht.

„Du bist schon in Ordnung", sagte sie lächelnd. „Dass du dem Jungen aus der Parallelklasse geholfen hast, hat mich wirklich beeindruckt. Und ich habe mich geschämt, dass ich selbst nichts getan habe."

Mira nickte, während sie über eine große Wurzel kletterte, die quer über den Weg gewachsen war. Dabei stellte sie beunruhigt fest, dass es immer schwieriger wurde, die Hindernisse auf dem Waldboden zu erkennen.

„Es wird allmählich dunkel", bemerkte Mira nachdenklich, den Blick zum Himmel gerichtet. „Wir hätten fragen sollen, wie weit es bis zu dieser Morquai eigentlich ist."

Vanessa blieb stehen. „Warte. Ich hab doch mein Handy

dabei. Damit kann ich uns Licht machen." Sie griff in ihre Tasche und holte es hervor. „Hatte ich völlig vergessen, bei dem ganzen Chaos. „Moment ich …" Vanessa drückte mehrmals auf das Display, doch nichts geschah. „Das gibt es doch nicht." Wild betätigte sie den Einschaltknopf einige Male. „Der Akku war noch bei gut 40 Prozent, da bin ich sicher."

„Nicht, dass es jetzt wichtig wäre, aber warum hast du eigentlich ein Handy bei dir? Dachte, das wird konfisziert."

„Hat eben auch Vorteile, wenn man zu Eleonoras Freunden zählt. Aber was solls, hilft uns jetzt auch nicht weiter. Blödes Teil." Sorgenvoll schaute sie Mira an, während sie noch einige Male vergeblich auf den Knopf drückte. „Was machen wir denn jetzt?"

„Es wäre nicht meine erste Nacht unter freiem Himmel", schmunzelte Mira und versuchte so, die Situation für Vanessa etwas zu lockern. „Vor zwei Jahren bin ich das erste Mal von zu Hause abgehauen. Es gab einen ziemlich großen Streit mit meiner Mutter – ein Wort gab das andere, du weißt schon …"

„Oh, das tut mir leid", sagte Vanessa und ihr Blick verriet, dass sie nicht wusste, was sie weiter darauf antworten sollte.

„Schon in Ordnung." Mira winkte ab. „Ist auch egal. Worauf ich hinaus will: Wir werden uns am besten irgendwo einen lauschigen Platz zwischen den Bäumen suchen und dort die Nacht verbringen."

„Mir ist nicht wohl dabei", wandte Vanessa ein, während sie das Handy wieder in ihre Jackentasche steckte.

Mira musste unwillkürlich an die Raubkatze denken, die die beiden Mädchen auf dem offenen Feld gejagt hatte, doch sie wollte Vanessa nicht weiter beunruhigen. „Wir können ja abwechselnd Wache halten", schlug Mira vor. „So kann jeder ein wenig schlafen. Mein Rücken, meine Beine, irgendwie tut alles weh und müde bin ich auch."

„Ja, geht mir ähnlich. Aber Sorgen bereitet mir das hier trotzdem."

Ein Schmunzeln huschte über Miras Lippen. „Wäre auch komisch, wenn nicht. Aber am besten suchen wir uns jetzt einen Platz, bevor wir die Hand vor Augen nicht mehr sehen können."

Gemeinsam suchten Mira und Vanessa die Umgebung nach einer geeigneten Lagerstätte ab. Zwischen einer engstehenden Baumgruppe fanden sie einen Platz, der sich für die Nacht anbot. Die Mädchen befreiten den Boden von Steinen und abgestorbenen Ästen und bauten sich aus Moos und Blättern eine provisorische Schlafstelle.

Anders als befürchtet, versank der Wald auch zu fortgeschrittener Stunde nicht in völliger Dunkelheit. Soweit durch die Baumkronen zu erkennen, war der Himmel sternenklar und die Nacht wurde durch einen nicht ganz vollen, aber dennoch kräftig leuchtenden Mond erhellt.

Mira hatte sich bereit erklärt, die erste Wache zu übernehmen. Sie hatte sich auf einen alten Baumstumpf gesetzt, von dem aus sie einen guten Blick rings um das Lager hatte und sog die sommerlich warme Nachtluft in sich auf.

Nachdenklich betrachtete sie Vanessa. Diese lag zur Seite gerollt auf dem Boden. Allen Bedenken zum Trotz hatte es keine fünf Minuten gedauert, bis sie eingeschlafen war. Die Anstrengungen des Tages hatten sie übermannt.

Mira war erleichtert, ein wenig Zeit für sich zu haben. Seit sie hier in dieser sonderbaren Welt gelandet war, hatte sie dauerhaft aus einer Art Überlebensmodus gehandelt und ein Stück weit auch die Verantwortung für Vanessa übernommen. Mira spürte, wie die Anspannung des Tages nun ein wenig von ihr abfiel. Es war schon merkwürdig. Trotz dieses unwirklichen Ortes spürte Mira in diesem Augenblick kaum Angst. Selbst das Rauschen des Windes im Geäst und das gelegentliche Rascheln im Unterholz jagten ihr keine großen Schrecken ein. Auf eine nicht greifbare Art kam ihr dieser Ort vertraut vor. Als wäre sie mit ihm verbunden. Ob der Kristall diese Empfindungen hervorrief? Seitdem Mira in die Nähe des magischen Objekts gekommen war, dessen war sie sich sicher, hatte der Kristall sie gerufen, hatte ihr Visionen geschickt und sie am Ende in dieses Land geführt. Der Riese Grongor hatte von einer starken Macht gesprochen, die Mira offenbar mit dem Kristall verband. Vielleicht konnte diese Morquai weitere Antworten liefern. Gegenüber Vanessa hatte Mira immer nur von einer Hoffnung auf Rückkehr gesprochen, doch hatte Mira ebenso Hoffnung, mehr zu erfahren. Woher kam der

Kristall? Was war er? Und warum hatte er ausgerechnet Mira zu sich gerufen?

Ein kurzes Aufleuchten riss Mira aus den Gedanken. Sie blinzelte in das Dunkel des Waldes. Da war es wieder. Lautlos schwebte es zwischen den Bäumen. Mira kletterte vom Baumstumpf hinab und pirschte sich näher an die kleine Lichtquelle heran. Ein weiteres Licht flammte auf. Dann noch eins und bald umgaben etwa zwanzig kleine Lichter das Lager. Neugierig näherte sich Mira einem von ihnen. „Was bist du?"

Während Mira eine Hand nach dem Lichtwesen ausstreckte, um es zu berühren, verspürte sie ein vertrautes Gefühl von Geborgenheit, von Wärme und von Liebe.

Just in diesem Augenblick entfernte sich das Wesen in einer schnellen Bewegung einige Zentimeter von Mira.

Mit einem Mal wurde Mira von einer durchdringenden Kälte erfasst. Ein Frösteln durchfuhr ihren Körper und sie fühlte sich von jetzt auf gleich furchtbar allein gelassen.

„Geh nicht fort", hörte Mira sich selbst sagen. Etwas in ihrem Kopf wollte sie warnen und spürte eine Gefahr. Doch ihr Körper sehnte sich nach dem Licht, der Wärme und dem wohligen Gefühl, das von ihm ausging.

Mira tat einen weiteren Schritt auf das Licht zu. Erneut hob sie die Hand und wieder wich es vor ihr zurück. Ein tiefer Schmerz durchfuhr Miras Herz. Als hätte man ihr das Liebste entrissen. Das Gefühl war derart intensiv, dass ihr Tränen in die Augen traten. „Warum quälst du mich?", hauchte Mira, während sich ihr Arm abermals nach vorn streckte. Ihr gesamter Körper bebte und ihre Hand zitterte vor Verlangen nach dem Licht. Beinahe erschrocken zuckte Mira zusammen, als ihre Finger den hellen Punkt tatsächlich berührten. Das Lichtwesen hatte sich nicht weiter von Mira entfernt. Es verharrte in der Luft. Wie unsichtbare Hände streichelte das warme Kribbeln Miras Haut und fuhr ihren Arm entlang. Bald hatte es Miras Körper vollkommen eingenommen und ließ Mira alles um sich herum vergessen. Der Wald, das Lager, Vanessa, und auch die Suche nach Morquai waren nichts mehr als nebulöse Erinnerungen, weit verborgen in den Tiefen ihrer selbst.

Aus dem Nichts, das Mira umgab, trat eine Gestalt hervor. Umgeben von Licht war diese zunächst kaum zu erkennen, doch allmählich wurden ihre Konturen klarer und es zeichnete sich ein Gesicht ab.

„Das ist… unmöglich." Mira starrte die Person erschüttert an. Augenblicklich wurde ihr das Herz schwer. „Vater?"

Das Licht veränderte sich. Um Mira herum tauchte ihr altes Kinderzimmer aus dem Dunkel auf. Sie war vollkommen gefangen in dem, was sie sah. Es war ihr nicht möglich, zu unterscheiden, ob sie einem Trugbild erlag oder ob all dies wirklich geschah.

„Vater. Ich dachte, ich hätte dich verloren." Erneut füllten Tränen ihre Augen.

„Mein Mädchen." Die Stimme ihres Vaters erklang. „Du

brauchst keine Angst mehr zu haben. Ich werde dich nie wieder verlassen."

Er öffnete seine Arme und Mira fiel schluchzend hinein. Sie empfand tiefste Geborgenheit – etwas, was sie schon so lange nicht mehr gespürt und nach der sie sich schon so lange gesehnt hatte.

„Ich habe dich so schrecklich vermisst", schluchzte sie, ihr Gesicht eng an seine Brust geschmiegt. Sanft streichelte ihr Vater ihr über das Haar.

Eine ganze Weile lag Mira einfach in seinen Armen. Ihre Angst, ihren geliebten Vater erneut zu verlieren, sobald sie ihn losließ, war so stark, dass sie nicht von ihm ablassen wollte.

„Wo warst du nur?", fragte Mira schließlich und schaute zu ihm auf.

„Du tust ja gleich so, als hätten wir uns ewig nicht gesehen. Ich war doch nur kurz einkaufen, mein Schatz. Komm, ich mache uns etwas zu essen."

Verdutzt schaute Mira sich um. Ihr Kinderzimmer war verschwunden, stattdessen standen sie auf einmal in der Küche. Sie löste die Umarmung und machte einen Schritt zurück.

„Da siehst du, wie lieb ich dich habe, Daddy", hörte sie sich selbst antworten. Hatte sie nicht etwas anderes sagen wollen? War nicht vor wenigen Sekunden noch etwas anders gewesen? Mira erinnerte sich nicht mehr. Sie fuhr sich durchs Haar. Etwas war merkwürdig. Etwas stimmte nicht.

„Was gibt es denn Leckeres?", fragte sie stattdessen.

„Ich habe uns frische Zucchini, Tomaten und Mozzarella vom Markt mitgebracht. Für den Auflauf, den du so gerne isst."

Miras Mund formte sich zu einem Lächeln.

„Ich …", ihre Antwort blieb ihr im Hals stecken. Für den Bruchteil einer Sekunde hatte das Bildnis um sie herum geflackert. Eine andere Erinnerung hatte sich dahinter abgezeichnet. Eine sehr schmerzhafte. Doch Mira wollte den Gedanken daran nicht zulassen.

„Ja, mein Schatz?" Ihr Vater schaute sie an. Er hatte eine Schürze umgebunden und hielt einen Kochlöffel hoch.

„Ach, nichts. Kann ich helfen?" Mira hüpfte an seine Seite.

„Moment", er griff in den Einkaufskorb und holte zwei Zucchini hervor. „Waschen und kleinschneiden, bitte."

Rasch griff Mira danach und lief zur Spüle. Direkt daneben stand ein Hocker, den sie zu sich zog, um an das Becken zu kommen. Sie öffnete den Hahn und wusch das Gemüse gründlich ab. Dabei fiel ihr Blick auf den Topf, der sich umgedreht auf der Ablage befand. Auf der glänzenden Oberfläche spiegelte sich ein Gesicht. Es war ihr eigenes. Doch es war ihr merkwürdig fremd. Etwas stimmte nicht.

Wieder flackerte die Umgebung. Ein stechender Schmerz durchfuhr Miras Schläfen und ihr wurde mit einem Mal bewusst, dass das Gesicht, das sich dort spiegelte, das einer Zehnjährigen war.

„Alles in Ordnung?" Die Stimme ihres Vaters riss Mira aus ihren Gedanken und ließ sie im gleichen Moment vergessen, was sie noch vor wenigen Augenblicken verstört hatte.

„Na klar, Daddy", antwortete Mira munter und hüpfte vom Hocker hinab, um ihn ein Stück vor die Küchenanrichte zu schieben. Dort hatte ihr Vater bereits ein Schneidebrett und ein Messer zurechtgelegt.

„Schön vorsichtig", mahnte er, als Mira das Messer ansetzte, um die Zucchini zu zerkleinern.

„Ich bin doch kein Baby!" Mit gespielter Empörung schaute sie zu ihm, doch noch während sie den Blick wieder zum Brett wandte, zuckte sie zurück. „Au!", entfuhr es ihr. Mira hatte sich mit dem Messer in ihre linke Hand geschnitten, die Wunde pochte und heißes Blut drang daraus hervor.

Ihr Vater, der am Herd stand, ließ den Kochlöffel in die Pfanne fallen und kam zu seiner Tochter gerannt. Er nahm ihre Hand und drückte ein Tuch darauf, das er vom Küchentresen nahm.

Ein erneutes Flackern durchbrach die Szene. Die Luft begann zu flirren, die Umgebung wurde unscharf und veränderte sich. Von einem auf den anderen Moment hatte der Ort gewechselt. Kaltes Metall berührte Miras nackten Rücken. Sie trug nichts außer einem dünnen Hemd, wie es für Patienten in Krankenhäusern üblich war. Sie versuchte aufzustehen, doch ihre Arme und Beine waren festgebunden. Mira stemmte sich mit aller Kraft gegen die Gurte, dabei fiel ihr Blick auf ihre noch immer schmerzende Hand. Doch war es nicht der Schnitt eines Messers, der den Schmerz verursachte, sondern ein Schlauch, der über eine Kanüle in ihren Handrücken eingeführt war. Eine helle Flüssigkeit wurde durch das durchsichtige Gummi direkt in ihren Arm gepumpt.

Mira schrie aus voller Seele. Doch sie war allein. Einzig umgeben von Maschinen und Monitoren, die vereinzelt aufblinkten und piepsende Geräusche von sich gaben. Plötzlich gab es einen lauten Knall, gefolgt von einer Erschütterung. Ein grelles Licht flammte auf, Mira presste die Augen zusammen.

Im nächsten Augenblick war ihr, als schwebte sie durch ein endloses Meer aus Nichts. Keine Angst, keine Schmerzen, keine Sorgen – losgelöst von der Welt. Ihr Bewusstsein hing nur noch an einem seidenen Faden, der Rest von ihr war gewillt, sich diesem Gefühl vollkommen hinzugeben.

„Mira …", drang von weit her eine Stimme an ihr Ohr. Die Worte wirkten wie ein Echo und jede Faser in Miras Körper sträubte sich, ihnen zuzuhören.

„Mira … bitte … du musst aufwachen!"

Die Stimme störte sie, was fiel dieser Person ein, Mira aus ihrem wachsenden Zustand völliger Freiheit herauszureißen zu wollen? „Lass mich in Ruhe! Geh weg!", wollte sie die Stimme verscheuchen, aber Miras Zustand ließ dies nicht zu.

„Was machen wir jetzt?", erklang die Stimme erneut.

Eine andere, tiefere Stimme antwortete: „Warte ab. Sie schafft es. Schau auf ihre Augen."

Eine Silhouette zeichnete sich aus dem Dunkel ab. Mira merkte, dass sie sich nicht länger gegen das Schwinden des wohligen Zustands wehren konnte, die Stimmen holten sie zurück. Das Gefühl für ihren Körper kehrte allmählich wieder. Kälte hatte von ihm Besitz ergriffen. Eine feuchte Kälte. Sie hielt Mira fest umklammert. Jede noch so kleine Bewegung war schwerfällig und nur unter größter Anstrengung möglich.

Dann riss Mira die Augen auf. Es dauerte einen Moment, bis sie realisierte, dass sie bis zur Brust in etwas versunken war. Ein Geruch von nasser Erde stieg ihr in die Nase.

„Mira, oh mein Gott." Es war Vanessa. Sie stand nur wenige Meter von Mira entfernt, neben ihr befand sich ein fremder Junge. „Du bist wieder wach."

„Was … ist ... hier los?", stammelte Mira.

„Du bist mitten ins Moor gelaufen!", versuchte Vanessa ihr die Situation zu erklären, dann deutete sie zu dem Jungen. „Janosch wird dir helfen."

Der fremde Junge hob beschwichtigend seine Hände. „Ich weiß, du hast sicher Angst. Aber es ist wichtig, dass du ruhig bleibst."

„Hol mich einfach hier raus, okay?" Trotz ihrer Benommenheit hatte Mira sofort verstanden, dass sie in Lebensgefahr schwebte.

„In Ordnung." Janosch löste die Schnallen an seinem Rucksack und ließ ihn über seine Schultern rutschen. Dann kniete er sich hin und wühlte im Inneren der Tasche herum.

„Hier!", rief er kurz darauf und schwang ein langes Seil durch die Luft. Mit einem lauten Klatschen traf es auf die Oberfläche des Moors. Vorsichtig und unter Anstrengung zog Mira erst einen ihrer Arme aus dem Morast, dann den anderen. Sie streckte sich und umklammerte so fest sie konnte die raue Rettungsleine.

Hinter sich hörte Mira ein lautes Platschen. Aus den Augenwinkeln konnte sie eine Bewegung im Moor ausmachen. „Was ist das?", rief Mira verängstigt.

„Los, hilf mir ziehen!", wies Janosch Vanessa an. „Wir müssen uns beeilen."

Mira spannte ihre Muskeln an und kämpfte sich mit Vanessas und Janoschs Hilfe am Seil durch den Morast. Mira fühlte, wie sich ihr Körper Stück für Stück befreite. Bald waren nur noch ihre Beine im Schlamm versunken und wenige Meter lagen zwischen Mira und dem rettenden Ufer. Erneut hörte sie ein lautes Platschen, begleitet von einem unheimlichen Grollen. Mira riss den Kopf zur Seite und blickte direkt in das weit aufgerissene Maul eines riesigen Fischs. Seine Mundhöhle glänzte und zäher Schleim tropfte an nadelspitzen Zähnen hinab. Von Panik ergriffen begann Mira mit den Beinen zu strampeln. Der Angreifer hatte sich aus dem Morast gelöst und den Kopf angehoben, um sein Opfer zu packen. Mit größter Kraft riss Mira ihr Bein aus dem Schlamm heraus in die Höhe und trat dem Ungetüm mit voller Wucht vor den Kopf. Ein heiseres Aufheulen war zu vernehmen und das groteske Wesen warf sich getroffen zur Seite, wo es mit einem lauten Klatschgeräusch im dunklen Morast untertauchte. Nur noch der faulige Gestank des Ungetüms war geblieben.

Der Schreck hielt Mira nur kurz in seinem Bann, zu groß war die Angst, dass das Monster zu einem erneuten Angriff ansetzen könnte. So schnell sie konnte, arbeitete Mira sich weiter vor, bis sie endlich den Rand des tödlichen Beckens erreicht hatte und vier helfende Hände sie endgültig aus dem Schlick zogen.

Völlig erschöpft ließ Mira sich auf den Rücken fallen. Ihr Herz schlug ihr bis zum Hals. Vanessa rutschte neben ihr auf die Knie und schloss sie fest in die Arme. „Ich habe solche Angst gehabt." Sie zitterte am ganzen Körper.

Mira war immer noch völlig außer Atem. Sie schaute zum Moor. Die Oberfläche des über dem Schlamm liegenden Wassers hatte sich wieder beruhigt und glänzte im Schein des Mondes. Von dem Monster war nichts mehr zu sehen. „Fuck! Das war echt knapp."

Vorsichtig richtete sie sich auf. Vanessa wich nicht von ihrer Seite. Doch Miras Aufmerksamkeit galt einem anderen.

„Du hast mir das Leben gerettet", sagte sie heiser an den fremden Jungen gerichtet. „Danke."

Er winkte ab. „Ich bin nur froh, dass wir dich da noch rechtzeitig rausbekommen haben."

Sie musterte ihn. Er war vielleicht ein oder zwei Jahre älter als sie und Vanessa. Er trug sein volles braunes Haar kurz und ungezähmt. Die Art seiner Kleidung erinnerte Mira an Requisiten aus einem Film über das Mittelalter. Seine Hose und sein Hemd waren aus einfachen Leinen gewebt, um die Hüfte hatte er einen langen Ledergürtel geknotet.

„Was war das für ein Monster?", fragte Mira. Ihre Atmung und ihr Puls hatten sich inzwischen beruhigt.

„Ein Moorgnoll! Ein ziemlich fieses Vieh", erklärte Janosch.

„Das Letzte, an das ich mich erinnere, waren kleine komische Lichter. Und ...", Mira musste an die Gestalt ihres Vaters denken. „Danach war ich wie in einem Traum gefangen."

„Das ist die Art, wie der Moorgnoll jagt. Er sendet die Irrlichter in den Wald und lockt seine Opfer zu sich, indem er in ihnen Hoffnungen und Wünsche weckt." Janosch schien Miras traurigen Blick bei dem Gedanken an ihren Vater bemerkt zu haben. „Ich weiß, dass diese Bilder sehr schmerzhaft sein können. Was auch immer er dir gezeigt hat, es war nicht real, es sind nur alte Erinnerungen."

Doch die Illusionen des Moorgnolls hatten Mira nicht nur traurig gestimmt, sondern ebenso verwirrt. Das Krankenzimmer, die Kanüle in ihrem Arm. Warum hatte das Wesen ihr das gezeigt? Mira konnte sich an eine solche Situation in ihrem Leben nicht erinnern.

„Aber das, was ich sah, es war irgendwie … falsch", sprach Mira ihre Gedanken laut aus.

Janosch strich sich über das Kinn. „Wie meinst du das?"

„Kann der Moorgnoll auch Dinge zeigen, die nicht passiert sind?", wollte Mira wissen.

„Es ist eine Art Hypnose", erklärte Janosch. „All das, was er dir zeigt, entspringt dem, was er in deinem Kopf vorfindet. Es können auch Dinge sein, die er wachruft, die du selbst schon längst vergessen hast."

Was auch immer das Wesen in Mira gefunden hatte, es konnten keine realen Erinnerungen sein, da war sie sich sicher. Sie versuchte, sich selbst zu beruhigen, auch wenn das Gesehene sie nachhaltig verunsicherte. Vorsichtig half Vanessa Mira auf die Beine. In diesem Moment spürte Mira, wie müde sie war. Sie hatte noch immer nicht ausruhen können, und der Kampf im Moor hatte sie sehr gefordert. Rasch griff Vanessa unter Miras Arm, um sie zu stützen.

„Danke", seufzte Mira, dann blickte sie zunächst Vanessa und anschließend Janosch an. „Woher kennt ihr euch eigentlich?"

„Als ich wach geworden bin, warst du verschwunden", berichtete Vanessa mit banger Stimme. „Ich habe direkt so ein Gefühl gehabt, dass dir etwas passiert ist. Also bin ich los, um nach dir zu suchen. Und als ich dich nicht finden konnte, habe ich gerufen." Sie überlegte kurz. „Naja, und dann ist Janosch aufgetaucht."

Mira blickte zu ihm. „Und was machst du hier mitten in der Nacht im Wald?"

„Ich wohne auf einem Hof, nicht weit von hier. Manchmal zieht es mich nachts in die Wälder, wenn ich etwas Zeit für mich brauche", antwortete Janosch und stellte dann fest: „Aber das Gleiche ging mir auch bei euch durch den Kopf. Und wenn ihr erlaubt, ihr seht nicht danach aus, als kämt ihr von hier."

„Das kann man wohl sagen." Nachdenklich schaute Mira ihn an.

Janosch rollte das von Schlamm bedeckte Seil wieder zusammen und packte es in den Rucksack, den er sich anschließend über die Schulter warf. „Stammt ihr aus Kallsta?"

„Kallsta?" Fragend blickte Mira ihn an. „Nein, eher nicht. Wir wissen nicht einmal, wo wir hier sind, oder was das hier für ein Ort ist. Das alles …" Sie unterbrach sich selbst. Ihr war nicht wohl dabei, sich Janosch vollkommen anzuvertrauen, auch wenn er sie vor dem Moorgnoll gerettet hatte. Dann fragte sie unvermittelt: „Kennst du eine Morquai?"

Janoschs Augen verengten sich und seine Haltung wurde abwehrend. „Warum willst du das wissen?"

„Also, kennst du sie?", bohrte Mira weiter und spürte, dass Vanessas Griff an ihrem Arm vor Aufregung fester wurde. „Wir müssen sie dringend sprechen."

„Das ist keine gute Idee. Wirklich nicht." Janosch stand auf und drehte sich zur Seite.

„Bitte, sie kann uns vielleicht helfen." Mira machte einen Schritt in seine Richtung.

Janosch wandte sich den beiden Mädchen wieder zu. „Helfen? Wobei sollte sie euch helfen können?"

„Wir gehören nicht hierher", versuchte es jetzt Vanessa. „Verstehst du, das ist nicht unsere Welt und …"

Mira gab ihr einen leichten Stoß mit der Hüfte, worauf sie verstummte. „Bitte Janosch, wenn du weißt, wo wir Morquai finden können, dann werden wir es ihr erklären", sagte Mira stattdessen.

Janosch ließ den Kopf sinken. „Sie wird euch vom Hof jagen oder Schlimmeres mit euch anstellen."

„Der Hof …" Mira glaubte, es zu verstehen. „Du lebst mit ihr dort, oder?"

„Ja. Ich bin …", es schien ihm schwer zu fallen, seine Worte auszusprechen. „Ich arbeite für sie. Schon mein ganzes Leben und glaubt mir, sie ist niemand, dem man begegnen will."

„Wir haben keine andere Wahl. Wir müssen es versuchen." Mira sah ihn flehend an.

Janosch seufzte tief. „In Ordnung. Aber lasst mich zuerst mit ihr reden und ich werde sehen, was ich für euch tun kann", willigte er schließlich ein.

„Danke." Mira nickte ihm zu, dabei streifte ihr Blick Vanessa.

In deren Gesicht zeichnete sich eine Mischung aus Hoffnung und Sorge ab. Aus irgendeinem Grund fühlte sich Mira Vanessa gegenüber weiterhin verantwortlich. Die Gefahren der letzten Stunden und die Angst, nicht mehr zurückkehren zu können – all diesen Dingen war Vanessa nur ausgesetzt gewesen, weil sie Mira geholfen hatte. Und auch, wenn Mira die Kräfte des Kristalls nicht bewusst aktiviert hatte, so war es am Ende doch ihre Schuld, dass sie beide hier feststeckten. Daher, so bekräftigte Mira ihren Entschluss, musste sie jede noch so kleine Chance nutzen, um Vanessa zurückzubringen. Allen Warnungen und all der Schmerzen, die ihrem Körper zusetzten, zum Trotz.

Gemeinsam mit Janosch und Vanessa ging Mira zurück in den Wald und begab sich auf den ungewissen Weg, der sie zum Hof der geheimnisvollen Morquai führen sollte.

Wumpfratten

Als Mira, Vanessa und Janosch den Rand des Waldes erreichten, taten sich vor ihnen weite Felder auf. Goldene Morgenröte hatte sich über die Landschaft gelegt. Dank Janoschs Hilfe war es ihnen ein Leichtes gewesen, auch im Dämmerlicht des Waldes voranzukommen und so das Dickicht hinter sich lassen zu können.

Mira setzte ihre ganze Hoffnung in Janosch und so folgten die Mädchen ihm auf einem schmalen dicht umwachsenen Pfad, der sich einen flach ansteigenden Hügel hinaufschlängelte. An diesem Ort, so hatte es Janosch beschrieben, würden sie den Hof und die dort lebende geheimnisvolle Morquai finden.

„Alles in Ordnung mit dir?" Der Junge schaute fragend zu Mira, deren Körper mittlerweile überall juckte.

Sie nickte und musste lachen. „Der Schlamm", sagte Mira, während sie ein großes getrocknetes Stück Lehm von ihrem Ärmel löste. „Es zwickt alles ein bisschen, jetzt wo meine Kleidung allmählich trocknet."

Da musste auch Janosch lachen.

Vanessa hielt sich verstohlen eine Hand vor den Mund, stimmte dann aber auch mit ein. „Es sieht wirklich etwas ulkig aus. Du gehst, als hätte dir das Sumpfmonster in den Hintern gebissen"

„Zum Glück hat es das nicht getan", entgegnete Mira immer noch lachend. „Meine Hose fühlt sich an, als hätte mir jemand Sand hineingeschüttet. Das ist echt unangenehm beim Laufen."

So scherzten sie noch eine Weile und es tat gut, auf diese Weise die Anspannung der letzten Stunden etwas fallen zu lassen.

Es war Janosch, der als erstes wieder ernst wurde. „Da vorne ist es." Er deutete das letzte Stück des Weges hinauf. Wenige Schritte später konnten auch Mira und Vanessa den Dachfirst des großen Bauerngehöfts erkennen, der sich hinter der Hügelkuppe abzeichnete. Die drei folgten dem Pfad weiter bis zu einem alten hölzernen Zaun, ein Stück dahinter ragten die Gebäude des Hofs im Schein der Morgensonne auf und warfen lange Schatten über den etwa zehn Meter breiten Innenhof. Mira fiel sofort auf, dass der Ort sehr verwahrlost wirkte. Ihr Blick wanderte zu Janosch. Entweder schienen er und Morquai nicht allzu viel Wert auf Ordnung und Sauberkeit zu legen, oder etwas stimmte hier nicht. Ein starkes Misstrauen flammte mit einem Mal in Mira auf. Gut, Janosch hatte ihr das Leben gerettet. Das war nicht von der Hand zu weisen. Aber am Ende war er ein Fremder, in den sie aus einem Moment heraus ihr ganzes Vertrauen gelegt hatte.

Janosch schien Miras Gemütsänderung nicht zu bemerken. Unbeirrt steuerte er auf ein hüfthohes Gatter in der Mitte des Zauns zu.

„Bitte haltet euch jetzt zurück", ermahnte er die beiden Mädchen. „Am besten lasst ihr mich vorgehen, damit ich in Ruhe mit ihr sprechen kann."

Just erklang eine zittrige alte Frauenstimme direkt hinter ihnen. „Worüber möchtest du denn mit mir sprechen?"

Erschrocken fuhr er zusammen.

Mira machte instinktiv einen Schritt zur Seite und starrte die Person an, die aus dem Nichts hinter ihnen aufgetaucht war. Es war eine alte Frau. Ihr Rücken war gebeugt und über ihren Kopf hatte sie eine große Kapuze gezogen, die die obere Hälfte ihres Gesichts verdeckte. Das lange graue Haar der Frau hing zu einem Zopf geflochten hinab zu ihrer Brust.

„Herrin, ich …", stammelte Janosch. „Es tut mir leid. Ich wollte nur …"

„Ich wollte nur… ich wollte nur", äffte die alte Frau ihn nach. „Unverschämter Junge, schleicht sich nachts vom Hof und bringt dann auch noch heimlich Fremde her."

Mira gefiel der Tonfall der Alten überhaupt nicht. „Lassen Sie Janosch in Ruhe!", fuhr sie die alte Frau an.

Diese hob eine Augenbraue und musterte Mira. „Was haben wir denn hier? Ein vorlautes Gör, will ich meinen."

Janosch trat vor. „Bitte, sie weiß nicht, was sie sagt. Die beiden haben sich verlaufen und …"

„Schon gut", unterbrach ihn Mira. „Ich kann für mich selbst sprechen."

Die Alte lachte. „Sieh an. Das Mädchen scheint deine Hilfe nicht zu benötigen." Dabei hob sie ihre rechte Hand und schnipste mit den Fingern.

Knarrend öffnete sich das Gatter und gab den Weg zum Hof frei.

„Dann tretet doch bitte ein und erzählt mir, was euch hierher verschlagen hat."

Verwundert tauschte Mira einen Blick mit Vanessa. Diese schüttelte zaghaft den Kopf. Ihr erschien diese Einladung nicht geheuer. Auch Janosch war offensichtlich sehr nervös. Mira hoffte sehr, dass das Angebot keine Falle war, doch welche Wahl blieb ihr und Vanessa, wenn sie mehr erfahren wollten?

„Danke, für die Einladung", antwortete Mira also und trat durch das Gatter.

Ein helles Sirren durchfuhr die Luft und Mira war für einen kurzen Atemzug schwindelig, dann begriff sie, was geschehen war. Kaum hatte sie die Schwelle zum Hof überschritten, hatte sich das Bild vor ihren Augen geändert. Der eben noch völlig verwahrloste und scheinbar verlassene Ort glich nun viel mehr einem belebten Bauernhof. In den vormals leeren Ställen befanden sich Schweine und allerlei Federvieh. Auch das Hauptgebäude machte einen gepflegten Eindruck. Noch immer waren nicht alle Holzvertäfelungen gerade vernagelt und hier und dort könnte es sicherlich einen neuen Anstrich vertragen, dennoch war der Zustand ein gänzlich anderer als noch vor wenigen Sekunden.

Verwundert schaute Mira zum Rest der Gruppe. Auch Vanessa drehte sich ungläubig herum und kam aus dem Staunen nicht mehr heraus. „Wie kann das? Gerade eben …", stammelte sie.

„Ein Schutzzauber. Ich habe euch gesagt, dass meine Herrin nicht besonders erfreut über Gäste von außerhalb ist", flüsterte Janosch den beiden Mädchen zu.

„Jetzt klappt eure Münder wieder zu. Ihr Stadtmenschen habt doch keinerlei Sinn mehr für wahre Magie", erklang die Stimme der Frau hinter ihnen. Doch war diese keineswegs mehr zittrig und alt, sondern jugendlich und voller Elan.

Entgeistert starrte Mira die Frau an. Die noch vor wenigen Augenblicken gebeugt gehende alte Frau war nicht wiederzuerkennen. Ihr langes, wallendes schwarzes Haar hing ungezähmt über ihre Schultern und umrahmte ihr ebenmäßiges Gesicht. Auch die abgetragene Kleidung mit der großen Kapuze war einem enganliegenden weinroten Kleid gewichen, das die schlanke Figur der Frau betonte.

„Wer hätte gedacht, dass unser kleines Plappermaul auf einmal so schweigsam sein kann." Mit einer schnellen Bewegung baute die Frau sich vor Mira auf und legte zwei ihrer Finger an das Kinn des Mädchens. Mira versuchte sich zu wehren, doch eine unsichtbare Kraft hielt sie in einer Starre.

„Ein wirklich interessantes Exemplar bist du." Morquai drehte Miras Kopf zuerst nach links, dann nach rechts, dabei schienen die tiefgrünen Augen der jetzt jungen Frau mitten in Miras Seele zu blicken. Ein Frösteln durchfuhr Miras Körper, doch noch immer war sie nicht in der Lage, sich aus dem Griff zu befreien.

„Da ist etwas mit dieser hier, etwas Verborgenes. Eine alte Magie. Und …", mit einem Mal löste Morquai ihren Griff und machte eine abwehrende Bewegung rückwärts.

Mira taumelte ebenfalls ein paar Schritte nach hinten. Sie war wieder Herrin ihrer selbst. Ein Schütteln durchfuhr sie. Vanessa, die bis dahin nur unsicher in einer Beobachterrolle verharrt hatte, kam zu Mira hinübergelaufen. „Alles in Ordnung mit dir?"

Mira nickte schwach. Die Berührung der unheimlichen Frau hatte das Mädchen spürbar mitgenommen. Miras Beine waren zittrig und sie fühlte sich, als würde sie jeden Moment in sich zusammensinken.

„Wen hast du da angeschleppt, Janosch?", herrschte Morquai plötzlich den Jungen an. „Das wird uns eine Menge Ärger einbringen."

„Wie meint Ihr das? Ich …", versuchte der Junge sich zu erklären, doch seine Herrin winkte ab.

„Ach! Schnickschnack! Ich will nichts hören. Wir müssen die beiden schnellstmöglich loswerden!"

„Wir … wir wollen nur zurück nach Hause." Ergriff mit einem Mal Vanessa das Wort. Auch Mira kam allmählich wieder zu Kräften. Sie nickte. „Helft uns, und Ihr seid uns wieder los."

„Nach Hause?" Morquai lachte verächtlich. „Ich kenne euch und eure Anhänger! Und ich habe bereits vor langer Zeit gesagt, dass ich damit nichts zu tun haben will."

„Wovon redet Ihr denn da?" Mira schrie sie beinahe an. „Wir wissen nichts von irgendeiner Gruppe. Ich glaube, das ist alles ein riesiges Missverständnis."

Morquai wandte genervt den Blick ab. „Du redest zu viel. Immer nur reden, reden, reden … wie eine kleine …"

„Grongor!", rief Mira plötzlich.

„Was?"

„Grongor, der Name des Riesen! Er hat uns hierher …"

„Sei still! Erwähne nicht diesen Namen! Dazu hast du kein Recht," erwiderte Morquai scharf. Für einen kurzen Moment begann ihre Stimme vor Erregung zu zittern.

„Aber er sagte, Ihr könnt uns helfen!"

„Du redest nicht nur viel, jetzt weiß ich auch, dass du eine verschlagene kleine Lügnerin bist!"

„Aber es ist wahr. Er hat uns zu euch geschickt", pflichtete Vanessa Mira bei.

Dann entstand eine Pause. Morquai blickte die Mädchen an.

„Jetzt verstehe ich es endlich", begann sie mit einem Mal zu lachen. Doch es war kein freundliches Lachen. „Ihr seid gar keine kleinen Menschlein, nein, euer Plappermaul und eure verlogenen Worte haben euch enttarnt …"

Miras ganzer Körper begann zu kribbeln und ihr wurde heiß und kalt zu gleich.

„… ihr seid viel mehr kleine Nagetiere. Nervige kleine Plagegeister …"

Der Boden schien unter Mira zu schwanken und kam unaufhörlich näher. Mira starrte ungläubig auf ihre Hände. Überall sprossen Haare und bedeckten ihre Haut. Sie versuchte zu schreien, doch alles, was sie hervorbrachte, war ein heiseres Quieken.

„… unnachgiebige und umso penetrantere Wumpfratten!", brachte Morquai ihre Beschwörung zu Ende.

Zu diesem Zeitpunkt war Mira bereits so weit geschrumpft, dass sie nicht mehr viel größer als die Schuhe der Hexe war, denn nichts anderes schien diese Frau zu sein. Verzweifelt und hilfesuchend zugleich riss Mira den Kopf herum, um im selben Moment von einem Anflug noch nie gespürter Panik erfasst zu werden. An der Stelle, an der sie Vanessa vermutete, saß ein Tier, einer Ratte nicht unähnlich, doch deutlich hässlicher. Bis auf vereinzelte lange, borstige Haare, die den Hautfalten entsprangen und einem grauen Flaum auf den vier Pfoten, war das Tier nackt. Lange Schneidezähne ragten dem Wesen über die Unterlippe und anstelle von Ohren besaß die Kreatur nur zwei Löcher in ihrem Schädel.

Mira war sofort klar, dass ihre eigene Erscheinung eben dieser entsprach. Ehe Mira einen weiteren Gedanken fassen konnte, wurde sie von großen Händen gepackt und in einen Käfig gesteckt, dann wurde es dunkel um sie herum. Jeder Versuch, etwas zu sagen, verkam zu wildem Fiepen.

Die dumpfe Stimme von Morquai drang an Miras Ohr: „Bring die beiden Eindringlinge in die Kammer. Ich muss mir in Ruhe überlegen, was ich mit ihnen mache."

Mira spürte, wie sie in die Luft gehoben wurde. Alles schwankte und sie taumelte zur Seite, wo ihr wulstiger Tierkörper gegen etwas Hartes stieß. Es wackelte immer wieder um sie herum, bis sie das Geräusch einer knarrenden Tür vernahm. Kurz darauf polterte es noch einmal heftig, dann wurde es schlagartig hell.

Janoschs Gesicht war direkt vor ihr. Es wirkte gigantisch. Zwischen ihm und Mira waren Gitterstäbe. In seiner Hand hielt Janosch ein schwarzes Tuch, das wohl über ihrem Käfig gehangen hatte. Der Junge schaute Mira entschuldigend an. „Ich habe euch gewarnt. Sie ist kein schlechter Mensch, aber ab und an schießt sie etwas über das Ziel hinaus. Ich werde versuchen, mit ihr zu reden. Vielleicht kann ich sie davon überzeugen, euch zumindest freizulassen, wenn sie euch schon nicht helfen will." Seufzend wandte er sich ab und verließ den Raum.

Wütend starrte Mira noch einen kurzen Moment auf die sich hinter Janosch schließende Holztür. Dann atmete sie tief durch und begann damit, die Umgebung zu inspizieren. Unmittelbar neben ihrem Käfig stand ein weiterer. Dort, in einer Ecke zusammengekauert, saß Vanessa.

Wenn ich bloß wüsste, wie man sich als Ratte verständigt, ärgerte sich Mira. All ihre Versuche blieben jedoch bei einem lauten Fiepen. Fieberhaft überlegte sie, welche anderen Möglichkeiten sie noch hatte.

Das Regal, auf dem Janosch sie abgestellt hatte, befand sich, soweit Mira das erkennen konnte, in einem kleinen Verschlag. Auch wenn kein künstliches Licht den Raum erhellte, so drangen genug Sonnenstrahlen durch die breiten Ritzen zwischen den Holzpanelen. Größen waren aus ihrer Perspektive schwer einzuschätzen, doch ging sie davon aus, dass diese Kammer nicht viel mehr als zehn Menschenschritte in Länge und Breite messen dürfte. Überall lagen Gartengeräte herum, Sicheln, Scheren, eine Schubkarre. Dinge, mit denen man vielleicht etwas anfangen könnte, wäre man nicht in dieser Gestalt und nicht eingesperrt. Während Mira noch nach einem Ausweg aus ihrer misslichen Lage suchte, schreckte sie ein rumpelndes Geräusch aus ihren Gedanken.

Ihr Blick fiel auf ein offenes Fenster unterhalb des Dachs. Dort waren einige Dosen umgefallen und rollten über das Regal. Unwillkürlich zuckte Mira zusammen, als sie zwei große pelzige Ohren entdeckte, die sich dort bewegten. Zwei riesige Tatzen legten sich über den Rand des Regals und der Kopf einer rotbraun gestreiften Katze tauchte auf. Gefolgt vom restlichen, aus ihrer Sicht gigantischen Katzenkörper, sprang der Stubentiger eine Etage tiefer. Es brauchte nicht lang, da hatte er Mira entdeckt und ebenfalls genau im Blick.

Mira war nicht bewusst, ob es die allgemeine Erkenntnis war, dass Katzen Mäuse jagten, oder einfach nur das Größenverhältnis ihres Gegenübers, das ihr einen Schauer über den Rücken fahren ließ.

Die Katze hatte sich mit einigen grazilen Sprüngen bis zu dem Regal mit den Käfigen vorgearbeitet und befand sich nun unmittelbar vor Mira.

„Brave Mieze. Ganz ruhig", schoss es Mira durch den Kopf, doch ihre einzige Beruhigung waren in diesem Moment die Gitterstäbe, die sie voneinander trennten.

„Habt keine Angst", erklang auf einmal eine Männerstimme.

Irritiert suchte Mira nach der Person, die soeben gesprochen hatte. Die Erkenntnis traf sie wie der Blitz. Es war die Katze – oder vielmehr der Kater – gewesen.

„Ich werde euch helfen. Ich musste nur einen geeigneten Moment abpassen, um unbemerkt hier hineinzugelangen." Der Kater schaute sich um. „Hier sollte es gehen." Er machte einen Satz auf den Boden.

Es gab ein kurzes zischendes Geräusch, dann veränderte sich die Gestalt des Katers. Seine Pfoten wurden länger, die einzelnen Zehen teilten sich. Auch die Schnauze veränderte ihre Form. Die dunkle Nase wurde heller, die Nasenflügel markanter und das Gesicht länger. Das Fell wich menschlicher Haut und dunkler Stoff wickelte sich wie aus dem Nichts um den rasant wachsenden Körper. Die ganze Prozedur dauerte nur wenige Sekunden. Dann stand vor Miras und Vanessas Käfig ein Mann mittleren Alters. Er trug eine ausgewaschene blaugraue Jacke, darunter ein wohl ehemals weißes, jetzt eher graues Hemd, das teilweise aus der braunen Lederhose hing. Seine Füße steckten in dunklen Lederstiefeln mit deutlichen Gebrauchsspuren. Sein dunkelbraunes, schulterlanges Haar trug er wild und ungezähmt. Dazwischen funkelte an seiner linken Seite ein silberner Ohrring. Der struppige Dreitagebart des Mannes war nur notdürftig gestutzt und passte zu seinem ungepflegten Äußeren. Trotz dessen – oder gerade deswegen – war der Mann Mira sofort sympathisch. Zudem strahlte er etwas Vertrauensvolles und Warmes aus, was nicht zuletzt am Klang seiner Stimme lag.

„So sollte es funktionieren. In veränderter Gestalt ist das leider alles nicht so einfach", äußerte sich der Unbekannte. „Dass wir nicht allzu viel Zeit haben, dürfte klar sein. Daher nur in aller Kürze. Mein Name ist Renan und ich weiß von dem Kristall, den ihr bei euch tragt." Ein Geräusch außerhalb des Verschlags ließ ihn aufhorchen. Er hielt kurz inne und lauschte, dann fuhr er fort. „Ich werde euch mithilfe seiner Macht zurückbringen. Doch es ist wichtig, dass ihr ihn vorerst nicht mehr verwendet und auf gar keinen Fall mit jemandem über ihn redet. Es sind bereits zu viele Dinge in Bewegung geraten, wir können es uns nicht leisten, weitere Fehler zu machen. Geht zurück, verhaltet euch unauffällig. Ich werde euch bald aufsuchen und euch alles erklären."

Mira hatte tausende Fragen und es raubte ihr schier den Verstand, jemanden vor sich zu wissen, der ihr auf alles Antworten geben konnte, sie jedoch in ihrer jetzigen Gestalt nicht eine davon stellen konnte.

„Genug für den Augenblick. Konzentriert euch beide auf genau den Ort, an dem ihr die Grenze zwischen eurer und unserer Welt überschritten habt. Ich werde eure Gedanken und Gefühle verstärken und euch so den Weg zurück öffnen." Er legte jeweils eine Hand auf einen der Käfige. „Kommt näher zu mir!" Dann schloss er die Augen.

Mira versuchte es ebenfalls, doch in ihrer derzeitigen Gestalt schien sie keine Augenlider zu besitzen. So starrte sie auf die Handinnenfläche des Mannes. Dabei fiel ihr eine kreisrunde Narbe auf, die in ihrer Ausprägung einem Wappen glich. Das Symbol kam Mira merkwürdig bekannt vor, doch konnte sie nicht einordnen, wo sie es schon einmal gesehen haben könnte.

Rasch schob sie den Gedanken daran zur Seite und konzentrierte sich auf die Worte von Renan: „Erinnere dich an den exakten Ort, von dem aus du in diese Welt gekommen bist".

Umgeben von Bäumen zeichnete sich der Baumstumpf, an dem Mira gefesselt und gedemütigt worden war, aus dem Dunkel ihrer Erinnerungen ab.

Mira spürte, wie sich etwas in ihr sträubte. Doch sie hatte Vanessa versprochen, sie zurückzubringen, auch wenn Mira tief in ihrem Inneren lieber hierbleiben und mehr über den Kristall, die zauberhaften Wesen, die Magie und all die anderen wundersamen Dinge dieser geheimnisvollen Welt erfahren wollte.

Ein kräftiger Wind stieß durch die Käfigstäbe und grelles Licht blendete Mira für einige Sekunden, dann erstarb beides ebenso schnell, wie es gekommen war. Kälte umschloss Miras Körper und sie stürzte nach vorn. Reflexartig riss sie ihre Hände vor sich und landete unsanft im Laub, das den Waldboden bedeckte. Dämmriges Licht fiel durch das Blätterdach. Es war schwer zu sagen, ob es Abend oder Morgen war.

„Wir sind zurück!" Vanessas Stimme überschlug sich förmlich. „Oh mein Gott! Wir sind zurück, und ich bin ich! Ich …", ihre weiteren Worte gingen in Schluchzen unter.

Mira blickte hinab auf ihre Hände. Sie hatte erwartet, dass sich nach der Verwandlung etwas verändert haben müsste. Aber es war alles wieder wie zuvor. Beinahe so, als ob nichts geschehen wäre. Als wären sie nie fort gewesen.

Vorsichtig richtete sie sich auf, dabei fuhr ihre Hand instinktiv über ihre Hosentasche. Der Kristall befand sich noch immer dort. Eigenartigerweise gab ihr dies ein beruhigendes Gefühl.

Mira wandte sich Vanessa zu. Diese hatte sich in der Hocke neben dem Baumstumpf niedergelassen und wimmerte. Mira trat zu ihr heran, dann legte sie einen Arm um das Mädchen, dem das Abenteuer so viel mehr zugesetzt hatte als ihr.

„Wir sind wieder zu Hause", versuchte Mira Vanessa zu beruhigen.

Diese drehte den Kopf zu Mira herum und schaute sie aus verheulten Augen an.

„Ich, … ich bin müde…. So müde…"

Nach einer Weile schob Mira ihren Arm stützend unter Vanessas. „Komm, lass uns zurück zum Internat gehen."

Ein Knacken im Geäst ließ Mira aufhorchen. Nicht weit von den beiden Mädchen löste sich eine Gestalt aus dem Dämmerlicht und kam auf sie zu. Es war das rothaarige Mädchen, dem Mira vor der Kirche begegnet war, als sie dem Chor gelauscht hatte. Elli.

„Willkommen zurück. Wir sollten echt mal reden."

Fortsetzung
folgt

Epilog

Er konnte nicht sagen, wie lange er sich bereits in diesem Zustand völliger Schwerelosigkeit in einem grenzenlosen Nichts aus weißem Licht befand. Es konnten Wochen, Monate oder gar Jahre vergangen sein. Der Geist des Mannes war betäubt gewesen, in einem Ruhezustand, und war lange Zeit frei von sämtlichen Gedanken geblieben. Doch etwas hatte sich verändert. Irgendetwas hatte ihn zurückgeholt. Er suchte in seinem Innersten nach dem Grund dieser Umkehr. Da war ein Geräusch. Noch ausgesprochen leise, möglicherweise weit entfernt. Er konzentrierte sich darauf. Das Geräusch wurde lauter. Er erkannte eine Frauenstimme. Wie ein Leuchtturm in der Dunkelheit schien sie seinen Geist aus der Leere zu führen. Er folgte. Aus dem Nichts zeichneten sich Konturen ab. Die Leere um ihn füllte sich. Fasziniert beobachtete er, wie sich allmählich ein Raum um ihn bildete. Es war ein seltsamer Ort. Spiegelnde Oberflächen, blinkende Lichter. Auch seine anderen Sinne begannen sich zu regen. Ein beißender Geruch stieg ihm in die Nase und warme Luft strich ihm über die Haut. Dies war der Moment, an dem er realisierte, dass auch seine Körperlichkeit zurückkehrte. Er war nicht länger nur ein losgelöster Geist zwischen den Welten. Ein Ruck durchfuhr seinen Leib, das Nichts verschwand und der Raum nahm vollends Form an. Er spürte, dass er zu Boden fiel. Zu spät, um den Fall aufzufangen. So prallte er zunächst mit der Schulter und anschließend mit dem Kopf auf harten Boden. Schmerz pochte ihm in der Schläfe. Ein metallischer Geschmack füllte seinen Mund und sein Sichtfeld verschwamm. Blecherne, aufgeregte Stimmen drangen an sein Ohr. Er kniff seine Augen zusammen und drehte sich auf den Rücken. Etwas Warmes, Weiches berührte seinen Arm. Er hob die Lider und blickte in die Augen einer jungen, wunderschönen Frau. Sie kniete vornübergebeugt neben ihm und hatte ihre Hand auf seinen Arm gelegt. Er versuchte etwas zu sagen, doch ihm fehlte die Kraft. Erschöpft sank er in sich zusammen, dann umfing ihn die Dunkelheit.

Die Reise geht weiter ...

Begleite Mira und ihre
Freunde auch im zweiten Band
von Splitterkristall, der bereits
2025 erscheint!

Mehr erleben und entdecken

Wenn du Weiteres aus der Welt von Splitterkristall erfahren willst, besuche die offizielle Webseite und folge unseren Social-Media-Kanälen.

Auch online unter:

www.splitterkristall.de

Folge uns!

Hinter den Kulissen

🌐 michael-sv-preis.de

📷 ♪ 📘 @

@michael_sv_preis

Der Autor

Michael S.V. Preis Jahrgang 1984,
lebt mit seiner Frau und seinen beiden
Kindern in der Nähe von Wuppertal
mitten im Grünen. „Schon seit ich ein
Kind war, haben mich fantastische
Welten in ihren Bann gezogen. Es war
also nur eine Frage der Zeit, bis ich meine
ersten eigenen Ideen im Bereich Fantasy
zu Papier bringen würde", erzählt der
gebürtige Rheinländer, der inzwischen
bereits zwei klassische Fantasyromane
veröffentlich hat. „Splitterkristall" ist der
Auftakt seiner ersten Jugendfantasy-Reihe.

Über das Autorenleben sagt Michael: „Ich
liebe es, kreativ zu sein. Das Schreiben ist
für mich auch immer eine Gelegenheit,
mit mir selbst in den Dialog zu treten.
Die Figuren und Handlungsbögen zu
entwickeln macht mir unglaublich Spaß.
Auch die Community der Buchwelt ist
eine wichtige Stütze meiner Arbeit und
der Austausch ist sehr bereichernd."

Die Illustratorin

Anastassia Schitz arbeitet als selbständige Künstlerin im Bereich Digital Art. 2007 wanderte sie von Estland nach Deutschland aus und machte 2016 einen Master of Arts an der Universität Kassel mit dem Schwerpunkt Illustration und Comics. Während des Studiums begann sie bereits 2012 als freiberufliche Künstlerin tätig zu werden.

„Ich war immer von Fantasy-Geschichten fasziniert und habe viel von Ray Bradbury, Terry Pratchett und den Strugatsky Brüdern gelesen. Daher freue ich mich sehr, gemeinsam mit Michael am Splitterkristall-Universum zu arbeiten", sagt die Künstlerin, die in den Sozialen Netzwerken unter dem Namen @cottonyart zu finden ist.

🌐 cottonyart.com

@cottonyart